KB004443

로터스 택시에는
특별한 손님이 탑니다

로터스 택시에는
특별한 손님이 탑니다

가토 겐 지음 | 양지윤 옮김

차
례

제1장

사나다

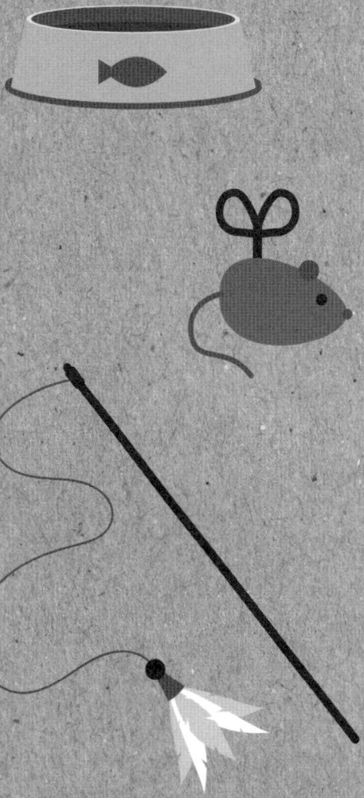

사랑이라는 말은 근질거려서 해본 적 없지만

앞으로도 쓸 일이 없을뿐더러 그럴 용기도 없지만

분명 굉장한 말인 것 같다.

오늘도 저희 로터스 교통을 이용해주셔서 감사합니다. 운전기사 기무라입니다.

목적지까지 짧은 시간이나마 아무쪼록 편히 모시겠습니다.

오랜만이네요.

얼마 만이죠? 반년쯤 됐나요. 아니다, 저번에 뵀을 때도 유리아 씨는 반팔 차림이었잖아요. 그러니 일 년 가까이 되었으려나요.

오늘 밤에 가게는 바빴나요?

그렇군요. 장사가 잘되는 게 최고죠. 그 덕에 앞으로도 계속 단골이 되어 주시면 저도 번창할 테니. 서로가 좋은 일 아니겠습니까.

따님은 잘 지내세요? 고등학생이었잖아요. 오, 취직했어요? 학교를 끔찍이도 싫어해서 등교거부였는데 직장에는 꼬박꼬박 출근하고 있다고요? 하고 싶은 일을 찾았으니 잘됐네요. 그야, 자식 일이라는 게 하나부터 열까지 부모 뜻대로 되지는 않으니까요.

따님은 어떤 일을 하세요? 근처 고양이 카페에서 아르바이트요? 그렇군요. 유리아 씨를 닮아서 서비스업에 재능이 있나 봐요.

그건 또 아니라고요? 고양이를 좋아하는 것 같단 말이죠? 그렇군요.

고양이가 흥미로운 동물이긴 하죠. 한번 좋아하면 푹 빠지잖아요. 그런데 애묘가가 많아 보여도 실제로는 개를 좋아하는 사람이 더 많은 것 같지 않나요? 충견 하치코*라고, 품종이 아키타견**이었던가요. 죽은 주인이 돌아오기를 역 앞에서 계속 기다렸다죠. 고양이에 관한 그런 이야기는 없잖아요. 그러니 동상도 없고.

●   '하치'라는 이름의 충견을 기리는 동상이 도쿄 시부야구에 세워져 있음.
●●   아키타현에서 개량한 대형견.

고양이가 죽은 사람을 그리워하며 계속 기다린다 한들 미담이 될 일은 거의 없잖아요? 오히려 무서운 이야기라면 모를까.

유리아 씨는 고양이랑 개 중에 어느 쪽을 더 좋아하세요? 고양이요? 아하, 역시 따님은 엄마를 닮았나 보네요. 고양이가 귀여워서라고요? 그야 귀여운 고양이도 있죠. 솔직히 귀여운 건 인정하지만 마냥 그럴 수만은 없는 사정이 있어서요.

그런데 실은 저도 고양이를 더 좋아해요. 어렸을 적에 집에서 길렀거든요. 그게, 기른다는 느낌보다 같이 사는 거나 다름없었어요.

적어도 전 그랬답니다. 그 녀석, 제 말 같은 건 듣는 척도 안 했어요. 거의 절 거들떠보지도 않았죠. 고양이는 그런 면이 있잖아요. 보살핌을 받는 주제에 오히려 인간을 길들이죠.

어찌 보면 고양이는 퍽 기이한 동물 같지 않나요?

실은 얼마 전에 도저히 믿기 힘든 사건이 있었거든요. 맹세코 진짜 있었던 일이에요.

M대로변 사거리에서 태웠던 손님 이야기인데요. 맞아

요. 유리아 씨 가게 바로 근처죠. 그 편의점 앞이에요.

들어보시겠어요?

1

사거리 신호등 옆에서 제 택시를 잡아 세운 손님은 자그마한 여자였어요. 잘 생각은 안 나는데 회색빛 여름용 니트에 하얀 바지 차림이었던 걸로 기억해요. 아마도요.

아닌가. 바지가 검은색이었나, 상의가 검정이었나. 어쨌든 회색과 흰색, 검은색의 이미지였어요. 밤이라서 편의점 불빛뿐이었거든요. 뒷좌석에 앉은 뒤에도 지금처럼 어두워서 잘 기억이 안 나요.

옷차림보다 여자의 눈이 인상 깊었어요. 유독 커다랗고 날카로웠거든요. 무서운 눈이었는데 이따금 번득이기도 했죠. 기분 탓만은 아니라고 생각해요.

거의 새벽 1시쯤이었을 거예요. 전철도 이미 끊긴 뒤였죠. 지금이랑 비슷한 시간이에요. 유리아 씨의 호출이 없을 때도 이 시간대에는 이 근방을 자주 배회하곤 해요. 어쩌다 손님을 태우기도 하니까요. 다른 택시도 지나다닐 것 같은데 잘 안 잡히죠? S역에서 1킬로미터가 채 안 되는 어중간한 거리라서 그래요. 다른 택시나 손님 모두 S역 택시 승강장에 모여 있잖아요. 이 근방은 몰래 손님을 채갈 수 있는 꽤 괜찮은 장소거든요.

그날 밤에도 그런 식으로 손님을 태웠답니다.

좋았어, 오늘도 한 건 했네. 들뜬 마음으로 택시를 가까이 세웠는데 짐승의 울음 같은 소리가 들리는 거예요.

아뿔싸, 낭패구나 싶었어요. 여자 뒤에 남자가 서 있는 게 보였거든요. 그 남자가 고래고래 소리를 지른 거였죠.

"뭐 하는 짓이야, 난 택시 안 불렀는데."

순간 깨달았죠. 어지간히 취했나 보네.

널찍한 번화가에 있는 S역에서 1킬로미터도 채 되지 않은 거리. 장소도 그렇거니와 이런 시간이니까요. 취객은 각오하고 있었지만 아무래도 질 나쁜 손님한테 걸린 느낌이었죠.

"내가 타나 봐라."

그러시든가요. 이쪽이야말로 태우고 싶지 않으니까.

그러나 택시를 잡은 건 남자가 아니었어요. 동행인 여

자 쪽이었죠. 그러니 지나칠 수도 없었어요.

마지못해 문을 열었더니 여자가 남자를 향해 말했어
요.

"타."

동그란 얼굴에 단발머리 여자가 낮은 목소리로 주정뱅
이한테 명령했어요.

"얼른 타라니까."

헉, 왠지 무서운데. 이 사람들 무슨 관계야?

주정뱅이는 아저씨였어요. 나이는 글쎄요, 오십에서 칠
십 사이쯤 됐으려나. 사실 아저씨 나이는 잘 모르겠어요.
여자는 음, 스물다섯에서 서른다섯 사이? 어쩌면 좀 더 많
을지도 몰라요. 여자 나이도 잘 가늠하기가 힘들더라고요.

아이나 어르신은 짐작하기 쉽잖아요. 책가방을 멨거나
교복을 입었으면 미성년자일 테고, 머리가 새하얗거나 훌
렁 까졌거나 치아가 없거나 등이 굽었으면 팔십 대쯤 되었
으려니 하니까요. 그 외에는 모르겠더라고요.

그야 종종 교복을 입은 사십 대 여자가 없는 건 아니지
만요. 물론 차에 태운 적도 있는데요. 지금은 그 이야기가
아니라니까요. 주정뱅이 아저씨와 무서운 눈의 아가씨 이
야기죠.

"타라고."

어쨌든 아저씨보다 한참 어려 보이는데도 완전히 명령
조였어요.

"싫어!"

아저씨가 악을 썼어요.

"꺼져, 이 고양이 귀신아."

순간 웃음이 터져 나올 뻔했어요.

고양이 귀신이라니. 아저씨, 표현 한번 기가 막히네.

무서운 눈의 여자는 등을 구부린 채 전투태세에 들어
간 고양잇과의 동물처럼 보였거든요.

"닥치고 타라니까."

여자가 거듭 말했어요.

"안 탈……."

말을 끝맺기도 전에 아저씨는 뒷좌석으로 굴러 들어갔
어요.

"A하라 역으로 가주세요."

뒤이어 스르륵 자리에 앉은 여자가 말했어요.

"A하라 역 말씀이시죠? 역 앞에 내려드리면 될까요?"

"근처에 도착하면 말씀드릴게요."

여자 옆에서 약간 얼빠진 상태로 허리를 숙이고 있던

아저씨가 웅얼거렸어요.

"이 고양이 귀신이…… 내가 택시비 내놔 봐라."

네? 그건 곤란하죠. 전 백미러로 시선을 돌렸어요.

"출발하세요."

제 불안이 전해진 걸까요. 여자가 재빨리 말했어요.

"요금은 제대로 낼 거니까 괜찮아요."

눈이 번득인 것 같았어요. 그야말로 고양이 같더라니까요.

"분명히 안 낸다고 말했어."

아저씨가 투덜투덜 중얼거렸죠.

"그럴 돈 없어. 지갑에 한 푼도 없다고."

"A하라 역으로요."

여자가 말문을 막듯 덧붙였어요.

"출발해주세요."

일단 M대로 남쪽으로 내려가서 S야 역 방면으로 향했어요. 오월이 거의 끝나가는, 바람 한 점 없이 무더운 밤이었죠.

2

S야 역 앞을 막 지났을 때 백미러 너머로 살펴보니 아저씨가 머리를 숙이고 있었어요.

잠든 건가.

여자는 매서운 표정으로 정면을 응시하고 있었죠.

"잠드신 건가요? 괜찮을까요?"

말을 걸지 않는 편이 좋을 것 같기도 했지만 한 푼도 없다는 아저씨의 발언이 마음에 걸리는 터라 무심코 입을 열고 말았어요.

"잠들었어요."

여자가 담담히 대꾸했어요.

"소란을 피웠으니 당분간은 일어나지 않겠죠."

"동행분이 꽤 취하셨네요."

저로서는 이게 중요한 부분이었거든요.

"정말 괜찮으실까요. 도착한 뒤에 요금을 못 내겠다고 다시 억지를 부리시는 건 아닐지."

"걱정되세요?"

살벌한 저음의 목소리.

"아무래도요. 큰소리로 화를 내신 데다 상당히 언짢아 보이셔서요. 솔직히 말해서 동행분 때문에 차에 태우길 망설였을 정도랍니다."

"택시비는 제대로 낼 테니 안심하세요."

"돈이 없다고 말씀하셔서요."

저는 다시 의심했어요.

"지갑에 한 푼도 없으시다고."

"거짓말이에요."

여자는 헤드라이트 불빛이 비치는 전면 창을 똑바로 바라보고 있었어요. 백미러 너머로 저와 시선을 마주치려는 기미도 없었죠.

"거짓말이란 말씀이시죠? 그럼 다행이지만요."

"지갑에 9,398엔 들어 있어요."

어떻게 반응해야 할지 모르겠더라고요.

금액이 너무 구체적이잖아. 설마 농담하는 건가.

"A하라 역까지 그 정도 금액이면 되겠죠?"

여자의 표정은 굳은 채였어요. 농담이 아닌 것 같았죠.

"충분합니다. 이 시간이면 교통량도 적으니 금방 도착할 거예요."

전철 선로를 따라 G대로 서쪽 길에서 동쪽 길을 향해 자동차는 씽씽 달려갔어요.

"주정뱅이는 질색이에요."

여자는 쓰디쓴 것을 뱉어내 듯이 말했어요.

"손님께서는 멀쩡하셔서 다행입니다."

어쨌든 9,398엔이 있으면 문제 될 건 없으니까요. 안도한 나머지 말이 술술 나오더라고요.

"이 일을 하면서 가장 곤란한 건 술 취한 손님일지도 몰라요. 말이 안 통하기도 하고 폭력을 쓰기도 하거든요. 다행히 전 아직 경험한 적이 없지만요. 차 안에 구토… 아니, 게워내… 그러니까, 속을 비워내시면 그날 하루 영업은 망치고 말거든요. 청소도 해야 하는데 냄새까지 배어서 운행이 힘들답니다."

"토악질할 정도로 술을 마시는 건 분별 있는 어른이 할짓은 아니죠."

여자는 심각한 어조로 말했어요.

"저도 곧잘 토하긴 하는데 이 남자가 그러는 건 용서 못 해요."

"네?"

저도 모르게 되물었어요.

"손님, 자주 토하세요?"

"급하게 밥을 잔뜩 먹으면요. 자주 그래요."

여자는 태연히 말했어요.

"토하는 건 으레 있는 일이니까."

그런가?

과음해서 토하든 밥을 허겁지겁 먹어서 토하든 분별없는 건 어느 쪽이나 매한가지라는 생각도 드는데 말이죠.

어떻게 반응해야 할지 당혹스러워서 저는 구토에서 술 취한 이야기 쪽으로 방향을 돌렸어요.

"술에 취했을 때 이런 식으로 잠들어버리면 좀처럼 못 일어나시더라고요."

"깨워도 안 일어나나요?"

"꿈쩍도 안 하세요."

저는 쓸쓸한 표정을 지었어요.

"한번은 그런 손님과 마찰이 생긴 적이 있었는데 죽을 맛이었답니다. 역시나 꼰대 아저씨였거든요."

무심코 말이 헛나와버렸죠.

"아, 물론 동행분이 그렇다는 뜻은 아닙니다."

"제대로 보셨네요."

여자는 동요하지 않았어요.

"꼰대 맞아요, 이 해충 같은 인간은."

몹시 경멸하는 듯한 말투. 대체 무슨 관계인 걸까요. 술집 종업원과 손님? 그렇게는 보이지 않았는데 말이죠.

"오늘 밤엔 손님이 계셔서 안심입니다."

저는 다시 이야기의 방향을 바꿨어요.

"살다 보면 술이라도 마시고 싶어지는 때가 있으니까요."

"전 없는데요. 술 같은 건 마시고 나면 온몸에서 냄새만 날 뿐이에요."

인정사정없는 말투.

"손님은 술을 안 드세요?"

"안 마셔요."

"저도 그렇답니다. 체질적으로 안 맞아서요."

"저도요."

여자는 차갑게 말했어요.

"땀이랑 한숨, 배설물에 알코올이 섞여서 술 냄새가 진

동하죠. 반경 1미터 가까이는 다가가고 싶지 않은 냄새예요."

정말이지 주정뱅이가 안쓰러워질 지경이었다니까요. 그렇게 말할 것까지야.

"술 같은 거 없이도 즐겁게 살 수 있어요."

"맞는 말씀이세요. 저도 술은 못하지만 삶이 따분하지는 않거든요."

"볕을 쬐거나 낮잠을 잘 수 있다면 즐거움은 무한대예요."

"그런, 가, 요?"

맞장구를 치는데 묘한 스타카토를 넣고 말았어요.

일광욕과 낮잠? 그게 즐겁다고?

"손님, 아직 젊으신데도 취미가 소박하시네요."

어쩌면 즐거울지도 모르겠네요. 일광욕이라. 태닝을 하러 피부미용실에 다닌다는 뜻일까요? 그건 아닌 것 같은데. 이 손님, 아무리 봐도 태닝한 것처럼 보이지 않았거든요.

하지만 낮잠은 즐거울 것 같아요. 기분도 좋고. 그렇다고 휴일에 까딱 잠을 많이 자버리면 오히려 후회한달까요. 헛되이 시간을 보내버렸다는 생각에 한없이 즐겁지만은 않거든요.

"젊지도 않아요. 상당히 나이를 먹었어요."

"그렇게 안 보이는데요. 젊어 보이세요."

"알아요. 소녀처럼 어려 보이겠죠."

여자는 겸손을 떨지 않았어요. 더군다나 소녀처럼이라니, 그렇게까지는 말하지 않았는데 꽤 능청스러웠어요.

"하지만 젊지 않아요. 중년인걸요. 아줌마예요. 곧 할머니가 되죠. 늙었어요."

담담하면서도 쉴 틈 없이 이어지는 자학.

"소녀 같은 젊음을 유지하는 비결은 뭔가요?"

도무지 갈피가 잡히지 않아서 제 영업상의 대화도 약간 방향을 잃은 느낌이었어요.

"젊음과 관계가 있는지 어떤지는 모르겠지만 정기적으로 한바탕 뛰어요."

"한바탕 뛰신다고요?"

그렇군, 스포츠를 말하는 건가.

"한바탕 뛰신단 말이죠. 괜찮은 방법이네요. 가라테나 킥복싱 도장에라도 다니시나 봐요?"

이 손님은 격투기 쪽일지도 몰라. 느낌이 오더라고요.

"안 그래도 의외로 힘이 센 분이라고 생각했어요."

아저씨를 택시에 태울 때였는데요. 상당히 힘껏 밀어서 넘어뜨린 느낌이랄까요. 키가 크진 않아도 아저씨가 다부지고 뚱뚱한 체격이라 무거워 보였거든요. 여자 쪽은 가냘프고 연약했고요. 그런데 다짜고짜 순식간에 아저씨를 넘어뜨리더니 뒷좌석에 억지로 밀어 넣는 거예요.

"언뜻 보이는 모습과는 다르게 격투기를 즐기시나 싶어서요."

"격투기요? 그런 건 안 해요."

여자는 고개를 저었어요.

"충동적으로 집 안을 뛰어다녀요. 그뿐이에요."

농담인가 싶었죠. 하지만 여자의 표정은 그야말로 진지했어요.

"재미있거든요. 좋은 운동이죠."

약간, 아니 상당히 위험한 사람 같은데.

"재미있을… 지도 모르겠네요."

제대로 맞장구칠 맛이 안 나더라고요. 그럴 수밖에요. 뭐가 재미있다는 건지 전혀 모르겠는데.

"그런데요, 그런 식으로 집 안을 한바탕 뛰어다니면 난장판이 되지 않나요?"

"맞아요. 책장 위에서는 책이 떨어지고 사이드테이블

위의 꽃병은 쓰러지죠. 마루에 놓인 각 휴지는 제 발차기로 찌그러지고요. 자주 있는 일이에요."

"그게 재밌으시다고요?"

"당연하죠."

여자는 태연했어요.

"가족분이 말리시진 않나요?"

아뿔싸, 괜한 질문을 했나. 가족과 같이 산다고 단정지을 수는 없는데.

설마 잠든 아저씨와 동거하는 것 같진 않고, 혹시 가족인 걸까. 그래서 이토록 거리낌이 없는 건지도 모르겠어. 그보다는 증오가 가득한 느낌이지만 가족에게도 이런저런 사정이 있는 법이지.

"가족 아니에요. 이런 장구벌레 같은 놈하고는."

여자가 매우 불쾌하다는 듯 말했어요.

"제 동거인과는 달라요."

"그러셨습니까. 실례했습니다."

사과하면서 생각했죠.

내가 지금 속마음을 무심코 내뱉은 건가. 망했다.

"제 가족은 사나다예요."

여자의 목소리가 살짝 누그러든 느낌이었어요.

"제가 한바탕 뛰고 나면 사나다는 화를 내요."

"그러시겠죠."

사나다. 이름이 아니라 성씨네.

성씨로 부르는 걸 보니 가족은 아니라는 소린데. 애인이나 친구인 건가. 이성일까, 동성일까. 물어봐도 되려나. 아냐, 쓸데없는 질문은 자제하고 지금은 이야기에 귀를 기울여주는 편이 낫겠어.

"사나다는 늘 툴툴대요. 왜 이런 짓을 하는 거냐고."

"그럼요, 아무래도 그러시겠죠."

"하지만 용서해줘요."

여자가 살짝 웃고 있네?

"좋은 분이네요."

"좋은 녀석이죠."

"하긴, 함께 사시는 사나다 씨가 용서해주신다면 문제될 건 없겠네요. 책을 떨어뜨리고 꽃병을 쓰러뜨리고 각 휴지를 찌부러뜨리는 정도라면 괜찮죠."

사나다 씨한테만 그러지 않는다면야.

"기운이 남아돌아서 사나다를 들이받을 때는 있어요."

전적이 있었네. 가정폭력이잖아.

"일부러 그러는 건 아니니까요."

아니나 다를까, 웃고 있다. 꽤 기뻐 보여.

"불가항력이라는 말씀인가요? 그렇다면 문제는……."

"가끔은 일부러 밟아줄 때도 있어요."

"밟는다고요?"

역시 상당히 문제가 있네. 그거 가정폭력이라니까요.

"하지만 사나다는 용서해줘요. 투덜투덜 불평하면서도 결국에는 웃으면서 이해해주죠."

저는 기계적인 말투로 반복했어요.

"좋은 분이네요."

그게 아니잖아. 이건 뭐, 가정폭력 가해자와 피해자의 관계 의존증 비슷한 거 아닌가. 심각한데.

"전 사나다한테 사랑받고 있어요."

헉.

제 두 눈이 곱절은 휘둥그레진 느낌이었어요.

사랑이라니.

평소 사랑이란 말을 써본 적이 없어서요. 그런 말을 들어본 적도 없고 해본 적도 없어요.

"사……."

입 밖으로 꺼내는 것조차 부끄러워요. 그러니 끊어서 말할 수밖에요.

"……랑이란 말씀이시죠."

"사랑이에요."

여자는 능청스레 대답했어요.

"저는 못 당하겠네요."

잘 들었습니다. 애인 자랑이네요. 관계 의존증 같긴 하지만. 위험하지만요.

Y야 역 앞은 밤새 영업하는 레스토랑과 편의점이 즐비해서 번쩍일 정도로 밝았어요. 택시 안까지 눈부실 만큼 빛이 들어왔죠.

"으으음."

여자 옆에서 주정뱅이 아저씨가 신음하는 소리가 들렸어요.

"뭔가 말씀하신 것 같은데요."

"잠꼬대예요."

여자는 딱딱한 표정으로 돌아와 있었어요.

"전 사나다한테 사랑받고 있었어요."

여자는 아저씨에게 차가운 시선을 던졌어요.

"이 꼽등이 같은 남자와는 달라요."

3

Y야 역 앞을 벗어나니 K다가와 강변로에는 가로등 불빛만 비치고 있었어요. 앞서거니 뒤서거니 하거나 반대편에서 달려오는 차도 거의 없었죠. 차 안에는 다시 어둠이 찾아왔어요.

빨간 신호가 걸려서 택시를 멈췄어요.

"으으으음."

아저씨가 다시 신음했어요.

"속이 안 좋으신 걸까요."

토하기라도 하면 곤란하니까요.

"잠꼬대예요."

"그리 좋은 꿈은 아닌가 보네요. 가위라도 눌리시는 걸까요."

"보나 마나 악몽이겠죠."

여자가 당연하다는 듯이 말했어요.

"요즘 이 남자는 밤마다 얕은 잠을 자면서 악몽을 꿔
요. 잠이 든 것 같지만 깊이 잘 수는 없죠. 그러니 늘 졸릴
수밖에요. 하지만 잠을 자려고만 하면 무서운 존재가 덮쳐
오는 거예요."

"괴롭겠네요."

공포영화 같았어요.

"그 무서운 존재라는 건 뭘까요?"

"네코마타*요."

"네코마타?"

신호가 녹색으로 바뀌어서 택시를 출발시켰어요.

"고양이 요괴의 일종이에요."

그러고 보니 택시에 탈 때 아저씨가 여자를 향해 고양
이 귀신이니 뭐니 소리를 질렀잖아요. 그래서였나.

그나저나 네코마타라니, 오래간만에 들어본 말이었어
요. 초등학교 시절 이후로 처음인 것 같아요. 동급생 중에

---

* 집에서 기르던 고양이가 나이를 먹으면 꼬리가 두 개로 갈라지며 '네코마타'
라는 요괴로 변한다는 전설이 있음.

다도코로라는 친구가 있었는데요. 귀신이라든가 요괴라든가 우주인이나 사후세계 같은 분야에 빠삭한 애였거든요. 그 친구와 대화하다가 네코마타라는 고유명사를 들었던 게 마지막이었나. 아니다, 중학교 국어랑 고전문학 교과서에도 나왔던가요.

"『쓰레즈레구사徒然草』*에 네코마타가 나왔잖아요. 스님을 놀라게 하는 이야기였는데."

자랑은 아니지만 고전문학 수업에서 배운 내용은 기억에서 말끔히 사라졌답니다. 하지만 다도코로 덕분에 네코마타만큼은 똑똑히 기억하고 있었죠.

"놀라게 해요? 네코마타는 그렇게 호락호락한 존재가 아니에요."

여자가 냉혹하게 툭 쏘아붙였어요.

"우선 날카로운 발톱으로 이놈의 뱃살을 찢어놓죠. 그것도 깊지 않게. 그다음엔 머리를 부드럽게 물고 얼굴 가죽을 벗긴 뒤 오른쪽 어깨를 물어뜯고 왼쪽 다리를 잘게 씹어서……."

"으아, 아플 것 같아요!"

●　　일본 중세시대의 수필.

저는 오들오들 떨었어요.

네코마타가 그렇게나 무서운 존재라고 다도코로가 말했던가? 『쓰레즈레구사』에서도 스님이 놀라긴 했지만 그냥 평범한 고양이었다든가 하는 식으로 미적지근하게 결말이 난 거 아니었나요?

"아플 거예요. 말 그대로 굉장히 고통스러울걸요."

여자는 만족한 듯 보였어요.

"꿈속에서도 아플까요?"

"당연하죠. 그리고 아무리 고통스럽고 공포스러워도 의식은 계속 깨어 있어요. 도망칠 곳 없는 꿈이죠."

이 사람은 어째서 타인의 악몽을 속속들이 알고 있는 걸까요. 아저씨의 카운슬러라도 되는 건가.

"그래서 이 구더기 같은 놈은 늘 술독에 빠져 살아요. 그래야만 잠들 수 있으니까."

환자와 카운슬러 관계치고는 동정은커녕 너무 가혹하단 생각마저 들었다니까요.

"그런 악몽을 꾸며 괴로워하신다는 건 현실에서 뭔가 끔찍한 일을 겪어서일까요?"

여자는 침묵을 지켰어요.

내가 무슨 말실수라도 한 건가?

일단 잡담을 이어가기로 했어요.

"전 술은 못 마시니까, 기분 나쁜 일이 생기면 먹을 걸
로 풀어요. 홧술 대신 폭식인 셈이죠. 잔뜩 고칼로리 식사
를 한 뒤 일찌감치 자버리는 거예요."

"스트레스 해소로는 썩 괜찮은 방법이죠."

여자가 호응해줬어요. 살았다. 심기를 건드린 건 아닌
모양이에요.

"배가 부르면 졸리니까요."

이 손님, 역시 잠에 진심인가 보네. 취미가 낮잠이라는
건 진짜였나 봐요.

"맞습니다. 밥 먹고 잠드는 게 최고죠."

"때로는 잠들 수 없을 만큼 끔찍한 일이 일어나기도 하
지만요."

여자가 낮은 목소리로 말을 이었어요.

"눈을 감고 잠을 자는 그런 단순한 일이 도저히 불가능
하죠. 아무리 시간이 흘러도 꿈이 찾아와주지 않아요. 그
저 슬픈 사실 하나가 머릿속을 빙글빙글 맴돌 뿐. 그럴 때
도 있어요."

어두컴컴한 고층 빌딩과 강가에 늘어선 벚나무. 무성한 잎에 가로등 불빛이 가로막혀서 차 안으로 어둠이 내려왔어요. 백미러에 비친 여자의 눈이 번쩍 빛났어요.

"그래도 눈을 감고 있기만 하면 결국엔 조금이나마 잠의 파도가 밀려오니까요. 눈을 감고 가만히 있는 수밖에 없어요. 그러다 보면 시간이 흐르고 생각지 못한 힘도 생겨나는 법이죠."

"전 안 좋은 일이 있다고 입맛이 없거나 잠을 못 잔 적은 없네요. 감사한 일이죠. 눈을 감기만 하면 어느새 꿈속이거든요."

"기사님한텐 소질이 있군요."

저는 어리둥절했어요.

"소질이요?"

"저처럼요. 낮에도 잘 자고 밤에도 잘 자죠."

수면 달인이 될 소질이 있다는 뜻일까요? 그런 재능이 있다고 한들 기쁘진 않은데.

"그리고 이따금 한바탕 뛰는 거예요. 완벽하죠."

글쎄, 전 그런 거 안 하는데요.

"이 분야를 깊이 파고들면 잠을 자는 동안 꿈속이 아닌 현실 세계에서도 한바탕 뛸 수 있게 되죠."

대체 무슨 분야인 걸까요. 딱히 파고들고 싶지 않은데요. 농담하는 건가 싶었어요.

하지만 백미러에 비친 여자의 얼굴은 그야말로 진지했어요. 웃을 수도 없었죠.

"그 분야는 제가 깊이 파고들긴 힘들 것 같네요."

진지하게 대답할 수밖에요.

"꿈 밖에서 그렇게 날뛰었다간 엄마한테 혼나거든요."

"사나다는 불평은 해도 혼내지는 않아요."

"사나다 씨는 마음이 넓으시네요. 저희 엄마는 엄격하셔서요."

"혼내지 않는 상대와 함께 살면 되잖아요."

"그러고 싶네요. 그보다 이제 슬슬 독립해야 해서요."

"사랑해주는 누군가와 살면 돼요."

또 사랑 타령이 시작됐어요.

"맞는 말씀입니다. 사실 엄마도 절 생각해주시기는 하는데요. 가능하면 엄마가 아닌 다른 여자와 사는 게 좋겠죠."

"당연히 그래야죠."

"좀처럼 그런 상대를 만날 기회도 없답니다."

사실은 이미 만난 느낌이지만요. 헤헤헤. 그렇다고 손

님한테 털어놓을 수는 없으니까요. 아직 사귀는 것도 아니고 짝사랑이라서요.

설사 사귀게 된다 한들 동거는 그렇다 쳐도 결혼이나 할 수 있을지 모르겠어요.

제가 근무하는 택시 회사 '로터스 교통'은 사장님과 저뿐인 영세기업이에요. 이대로 계속 이 일을 해도 될지 이따금 고민이 된답니다. 몇 년쯤 지나서 개인택시에 필요한 자격을 따면 사장님이 자기 회사를 물려받아도 된다고 말씀하시긴 했지만요.

택시라는 일을 싫어하지는 않아요. 하지만 평생 할 수 있을지는 모르겠어요.

뭐, 어쩌다 문득 생각만 할 뿐 심각하게 고민한 적은 없어요. 좀 더 심사숙고해 봐야겠죠. 언제까지 젊지는 않을 테니까.

"평생이라니."

여자가 중얼거리듯 말했어요.

"인생은 짧아요. 당장 내일도 알 수 없어요."

"그렇죠."

맞장구를 치면서 생각했어요.

내가 또 속마음을 말해버렸나?

"언제 불의의 사고로 죽어버릴지 몰라요. 해야 할 일은 당장 시작해야 해요."

여자 목소리가 조금 달라진 듯한 기분이 들었어요.

"맞아요. 말씀하신 대로입니다."

백미러를 보고 저는 갸웃했어요.

"손님, 괜찮으세요?"

"네."

여자의 표정은 바뀌지 않았어요. 기분 탓이었을까요.

"괜찮아요."

목소리가 희미하게 떨리며 콧소리가 나는 것 같았거든요. 마치 울고 있는 것처럼요.

우는 게 아닌가?

화내는 건가?

I야 역을 지나치자 도로는 완만한 내리막길로 바뀌었어요. 맞은편에서 대형트레일러가 굉음을 울리며 올라오더니 택시와 스쳐 지나갔어요. 순간 헤드라이트 불빛이 찌르듯이 택시 안을 비추었어요.

"으으윽."

자고 있던 아저씨가 다시 뭔가 웅얼댔어요.

"요괴……."

여자가 중얼거렸어요.

"네?"

"자동차는 요괴와 닮았어요. 눈을 번쩍이며 캄캄한 밤을 거칠게 달려와 인간을 죽이죠."

"그럴지도 모르겠네요."

눈이 번쩍이는 건 여자도 마찬가지였지만요.

"인간뿐만이 아니에요. 고양이도 죽이죠. 참혹해요."

"종종 발견한답니다. 이 근처 도로에서 차에 치인 오리도 본 적 있어요."

"거만한 인간들이야말로 요괴예요."

여자 목소리에 분노가 서려 있었어요.

"난 옳아. 절대 틀리는 법이 없지. 실패는 다 네 탓이야. 난 아니라고. 네가 나빠. 난 옳으니까. 틀릴 리가 없어. 철부지 어린애처럼 우기는 꼴이라니. 이 바퀴벌레 같은 늙은이도 그런 인간 중 하나예요."

장구벌레, 꼽등이, 구더기, 바퀴벌레. 줄줄이 실컷 욕을 먹고 있었죠.

"손님 말씀대로 웬만큼 나이를 먹었으면서 철부지 어린

애처럼 구는 사람들, 요즘 세상에 꽤 있긴 하죠."

바로 뒷좌석에서 아저씨가 자고 있는데 저도 모르게 맞
장구를 쳤답니다.

"오늘도 그런 손님이 계셨거든요. 역시나 오십 대 남자
분이었죠. 행선지를 여쭸더니 S가와 강이라고만 대답하시
더라고요. S가와 강의 어디쯤이냐고 거듭 여쭈니 전철역이
래요. 정말이지 성가시다는 듯 단답형으로요. 그래서 역의
어디쯤이냐고 다시 여쭈니까 화를 내시는 거예요. 동쪽 출
구로 가라고, 그 정도는 알아차려야 하지 않느냐면서."

"모르니까 묻는 거잖아요."

"그러니까요. 제가 무슨 초능력자도 아니고, 열 받는다
니까요."

"자기가 손님이라고 건방 떠는 꼴이라니."

"물론 손님인 건 맞고 돈을 내주시는 쪽이기도 하지만,
그렇게까지 고압적인 태도를 보여야 하는지 이해가 안 가
요."

"서비스를 제공하면 그다음부터는 대등한 성인이자 타
인인 거잖아요. 그런 무례한 놈이 있나."

"맞는 말씀이세요. 최소한 존댓말 정도라도 해주면 천
벌은 안 받을 텐데요. 나이는 뭐, 확실히 제가 아래였지만

요."

"나이와는 상관없어요. 일대일로 대등한 관계니까."

"그렇죠? 같은 사회구성원이잖아요. 나이가 위든 아래든 상관없는 건데."

"기생충 같은 이 남자야말로 딱 철부지 어린애나 다를 바 없는 놈이에요."

"무턱대고 반말에다 명령조라니까요. 돈을 내는 쪽이야말로 신이라고 생각하는 그런 손님한테는 이미 이골이 났답니다."

"우쭐해서 거드름을 피우는 철부지 어린애 같은 놈들도 어딘가에서 머리를 조아리며 일하고 돈을 벌죠. 만나는 장소에 따라 태도를 달리하는 것뿐이에요."

"맞습니다. 대체 왜 거만해지는 걸까요."

"자기 입장이 위니까 유리하다고 생각하는 거죠. 싸울 때도 마찬가지예요. 먼저 유리한 영역을 차지하는 게 중요해요."

"영역을 차지한다고요?"

저는 조금 당황했어요.

"상대보다 조금이라도 높은 곳에 설 것. 거기에서 위협하는 거예요."

"위협을 한다……."

저는 더욱 당황했어요.

"길고양이 싸움 같네요."

"고양이 싸움도 철부지 어린애 같은 놈들의 허세도 매한가지예요. 자신이 유리하다고 느끼면 때를 놓치지 않고 상대를 깔보죠."

"외로울 것 같아요, 그런 사람들은."

"맞아요. 외로워지죠."

여자는 단맛이 사라진 껌을 뱉어내는 듯한 표정을 짓고 있었어요.

"이 공벌레 같은 늙은이도 가게에만 들어가면 태도가 고압적으로 바뀌어요. 남의 흠을 들춰내서 호들갑을 피우죠. 그러면서 자기 실수는 절대 인정하지 않아요. 그런 인간이에요."

헉. 좋은 면이라곤 하나도 없잖아.

"결국 마누라하고는 거의 말도 섞지 않아요. 몇 년쯤 전부터 저녁은 밖에서 해결하고 귀가하죠. 애들도 가까이 다가오지 않아요. 집안에서는 이혼한 것처럼 지내고 있어요."

하긴, 그럴 수밖에 없겠네.

"외롭겠어요. 삶의 방식을 바꾸면 좋을 텐데."

"자기가 나쁘다는 생각을 안 하니까 바뀔 리가 없죠."

"직장에서는 어떤가요?"

"당연히 미운털이 박혔죠. 그나마 회사에선 아직 설 자리가 있으니까 할 일이 없어도 끈덕지게 남아 있다가 야근하는 척을 해요. 그래서 저녁은 회사에서 먹죠. 거의 메뉴는 편의점 주먹밥이나 카레 맛 컵라면이고."

쓸쓸한 삶이네. 너무 서글퍼.

"집이나 회사에서 벗어나 어딘가로 기분 전환하러 갈 생각은 안 하시나 봐요."

"고작 고민했다는 게 이런 식으로 술에 취하는 거예요. 그러려고 매일 저녁 식비를 절약한다고도 할 수 있죠."

"주먹밥과 컵라면으로 원기를 보충한 뒤 밤마다 술집에 드나드는 거군요. 어떤 생활일지 알 만하네요. 어쨌든 기분 전환할 수 있는 장소가 있다니 다행이에요. 어떤 가게에 가시나요?"

"마마*가 철부지의 이야기를 들어주는 곳이에요."

"보육원이요?"

"옛날식의 한물간 술집 있잖아요."

• 　술집 마담을 일컫는 말.

"안성맞춤이네요. 그곳에서 조금이나마 위로받으시는……."

"아뇨."

여자는 싹둑 말을 잘랐어요.

"위로를 받으시는 게 아닌가요?"

"전혀요. 그 가게에서도 천덕꾸러기 신세라서 이제껏 몇 번이나 출입 금지 명령을 당했어요. 오늘 밤에도 두 번 다시 오지 말라는 말을 듣고 쫓겨난 참이에요."

"그러셨군요. 그래서 저 손님의 심기가 더욱 불편하셨나 봐요."

*

네?

이야기 속 아저씨에 대해 뭔가 짚이는 거라도 있으세요, 유리아 씨?

4

유리아 씨의 가게가 있는 곳은 M대로에서 구석으로 들어간 자그마한 외길 골목이니까, 아저씨와 여자 손님을 태운 사거리 편의점 바로 뒤쪽이네요.

떡 벌어진 체격에 키는 그리 크지 않고 흰머리가 섞였는데 머리숱이 살짝 적은 편이고 괄괄한 목소리에 술버릇이 나빠 보이는, 쉰 이상 일흔 이하쯤 되는 아저씨였어요.

그러셨군요, 유리아 씨가 일하는 가게의 단골이셨다니.

에비사와 씨라고요? 글쎄요, 이름까지는 여쭤보지 않았어요. 여자도 그 이름으로 아저씨를 부른 적은 단 한 번도 없었으니까요. 계속 '장구벌레'니 '꼽등이'니 '구더기'니 '바퀴벌레'니 '기생충'이니 '공벌레' 따위로 불렀거든요. 직접 말을 걸 때도 '이봐'라든가 '너'라고 했어요.

무슨 기분인지 아시겠다고요?

유리아 씨한테도 미움받고 계셨네요, 에비사와 씨. 그렇겠죠. 가게 측으로부터 몇 번이나 출입 금지 명령을 당했다고 하셨으니.

저런, 가게 여직원한테도 거친 말을 내뱉거나 별거 아닌 일로 깐죽깐죽 불평이나 해댔군요. 그런데도 술에 취하면 기분 나쁘게 만지면서 작업을 거나 싶더니 계산할 때만 되면 어김없이 비싸다는 둥 사기라는 둥 돈을 못 내겠다는 둥 투덜거리곤 했단 말이죠.

장점이라곤 전혀 없는 분이네요. 더는 얼씬도 하지 말라는 말이 나올 만해요. 못 말리는 아저씨네.

두 번 다시 오지 말라고 수없이 말해도 아무런 소용이 없었군요. 더는 폐를 끼치지 않겠다고 유난을 떠는 터라 어쩔 수 없이 술을 내왔다고요. 하지만 점잖게 술을 마시는 건 달랑 두 시간 정도라니. 거기에서 1분만 지나면 어김없이 똑같은 짓을 되풀이한다는 거네요.

회사가 휴일인 토요일 밤까지 일부러 찾아와요? 집에서 냉대받으니 그러시는 거겠죠.

최근에도 오셨어요? 그랬군요. 영업을 시작하자마자요? 문 열기만을 기다리셨나 보네요. 겨울 이후 몇 개월 동안 얼굴을 비추지 않길래 속이 시원했는데 다시 나타났단 말이죠. 가게 사람들한테 그런 대접을 받는다면 저라도 기가 죽을 것 같아요. 유난히 심기가 불편해 보이길래 내버려 뒀더니 다섯 시간 가까이 진을 치고 있었군요. 골치 아프셨겠네요. 제대로 상대해주지 않으면 고양이 귀신이니 요괴니 그런 소리를 지껄여댔고요. 그래서 마담 언니가 "고양이 귀신이라니 실례잖아. 아무리 우리 애들 평균연령이 좀 높기로서니, 여긴 귀신의 집이 아니라고. 불만이면 다른 가게로 가던가. 다시는 오지 마"라고 화를 내며 에비사와 씨를 내쫓았군요.

그런 일이 있었다니. 제 택시에 타신 게 그날 밤이었을까요. 겨울 이후로 최근까지 한동안 에비사와 씨는 가게에 안 오신 거죠? 아무래도 맞는 것 같네요. 아마 가게에서 나오자마자 그 여자한테 붙잡혔던 모양이에요.

고양이 귀신이라는 말은 가게의 마담 언니나 유리아 씨를 빗대어 욕한 건 아닐 거예요. 아까 이야기해드린 그 꿈을 말한 것 같은데요. 아저씨도 혼자 시달려온 모양인데 그래도 어쩔 도리가 없네요. 행실이 나빴으니까요.

가정에서도 직장에서도 기분 전환하러 가서도 마음 붙일 곳이 없었겠네요. 애처로운 인생이에요. 나중에 그런 아저씨만은 되고 싶지 않아요.

그날 밤에도 비슷한 이야기를 했답니다.
"집에서도 천덕꾸러기 신세라니 꽤 힘드시겠어요."

*

"저희 집은 말이죠. 애당초 아버지가 집에 거의 없었어요. 귀가도 늦었으니 저녁밥을 함께 먹는 일은 많아야 일주일에 한두 번 정도였죠. 그럴 땐 거의 대화도 없었고요. 아버지가 집에 있으면 뭔가 거북했다고나 할까요. 물론 아버지와 엄마 사이가 나빴던 건 아니에요. 아마도요. 일요일에는 가끔 가족끼리 외출도 했어요. 형도 있었으니까 네식구였죠. 제가 중학생이 된 무렵부터는 가족과 여행이나나들이를 간 적이 거의 없었지만요."

언덕을 내려와서 I바시 역 앞을 통과했어요. 셔터가 내려간 쇼핑몰 건물에는 어렴풋이 야간조명이 켜져 있고 한밤중인데도 거리에는 드문드문 사람 그림자가 있었죠.

"지금도 같은 집에 살지만 아버지와는 거의 대화를 안해요. 인사나 하는 정도랄까요. 거실이나 욕실에서 스쳐

지나갈 때 가벼운 인기척은 내죠. 인사라기보다는 웅얼거리는 소리에 가까워요. 서로 웅얼대는 거죠. 꼭 인간이 아닌 것처럼요."

"중요하죠."

"서로 웅얼거리는… 거요?"

I바시 역에서 멀어지자 다시 거리는 어둡게 가라앉았고 비탈길이 이어졌어요.

"물론이죠. 늘 기운찬 목소리로 '잘 잤니?' '기분은 어때?' '난 건강해, 너도 그렇고!' 같은 말을 떠들어대며 친근하게 굴 수 있어요?"

"그건 힘들 것 같은데요."

왼편으로 돔구장의 지붕과 전구 장식으로 불을 밝힌 K 유원지의 제트코스터가 희뿌옇게 보이기 시작했어요.

"전 비교적 말이 많은 편인데 형은 고등학교 무렵부터는 거의 말없이 살아왔어요. 그래서 엄마는 재미가 없었나 봐요. 여자애가 있었으면 좋았을 거란 말을 입에 달고 사세요. 여자끼리는 사이좋게 외출하거나 수다를 떨 수도 있잖아요. 그러면 '잘 잤니?' '오늘 뭐 할까?' 같은 기운 넘치는 대화도 절로 나오겠죠. 아버지나 저나 형한테는 불가능한 일이에요. 어쨌든 인기척 정도가 최선이니까요."

"사나다와 난 같은 여자끼리여도 아침 인사로 기운을 얻거나 하진 않아요. 아침 댓바람부터 '잘 잤어? 하늘이 무척 맑네!' '우리 둘 다 컨디션 최고야!' '그럼 밖으로 나갈까!' 같은 경박한 인사가 가능하기나 해요?"

오호라, 사나다 씨가 여자였군.

"개와 다를 바 없잖아요. 개처럼 굴 순 없어요."

여자는 말을 쏟아냈어요. 개를 싫어하는 걸까요?

"목청으로 그르렁 소리를 내는 것만으로도 충분해요. 힐끗 시선을 교환하는 정도가 딱 적당하죠."

"조금 야박한 느낌도 드는데요."

"같은 집에 산다면 그 정도의 거리감이 좋아요."

"그런가요? 맞는 말씀일지도 모르겠네요."

"뭔가 모자란 느낌이 든다면 이마랑 코끝을 상대한테 대고 문지르면 돼요."

제 귀를 의심했어요.

"이마랑 코끝을요?"

"네."

뭐가 이상하냐는 식의 반응이었어요.

"아버지한테 그런 짓을 했다간 눈이 뒤집혀서 뒷걸음질 치실 것 같은데요. 형한테는 얻어맞을지도 몰라요. 엄마는 비명을 지르며 구급차를 부를 것 같고요."

"사나다는 기뻐하는데요."

"오호."

올빼미처럼 웅얼거릴 수밖에 없었어요.

"내가 하는 일이라면 사나다는 뭐든 기뻐해요."

"오오, 오호호……."

또 애인 자랑이네. 이건 우정이 아니잖아. 여자끼리 사
귀기라도 하는 건가.

"사랑받고 있으니까요."

여자는 깊이 고개를 끄덕였어요.

"오호호호……."

못 당하겠네.

"우리 두 사람만큼의 애정이 없더라도 서로 그르렁 소
리를 나누고 있다면 그걸로 충분해요. 이 징그러운 놈의
집에서는 그런 소리조차 없거든요."

"가족 간에 인사도 안 하는 건가요?"

"서로 무시해버려요."

"그렇군요. 그건 좀 힘들겠는데요. 술을 마시고 싶어질
만도 하겠어요."

"그래서 그날 토요일 밤에도 회사 근처 가게로 향한 거

예요."

S바시 역을 지나 오르막길이었어요. 찰칵. 미터기 올라가는 소리가 들렸죠. 목적지인 A하라 역까지는 이제 얼마 남지 않았어요.

"출근하는 것처럼 일부러 전철을 타고 가게까지 가셨다고요?"

"전철을 탔다면 아무 문제도 없었겠죠."

번쩍. 여자의 눈이 백미러 속에서 번득이는 것 같았어요.

"이 지네 같은 놈은 차를 끌고 갔어요."

"운전해서 술 마시러 가다니. 위험하잖아요. 술을 마시는 동안 차는 어디에 세워둔 거죠?"

"쇼핑센터의 대형 주차장에요."

그렇군요. 어디에 주차했는지 바로 알겠더라고요.

"M대로변에 있는 D마트 말씀이시죠? 백 엔짜리 초콜릿 하나만 사도 몇 시간 동안 맘껏 주차할 수 있게 해주잖아요. 제법 너그러운 방침을 가진 체인점이죠. 그럼 귀갓길에는 어쩌신 거예요? 자동차는 주차장에 세워둔 채 오늘처럼 택시를 이용하셨나요?"

"아뇨. 자기 차로 귀가했어요."

"음주운전이잖아요."

"맞아요."

"위험한 행동인데요."

그런 사람 있잖아요. 음주운전에 아무런 죄책감도 느끼지 못하는 사람들.

옛날에는 그런 의식이 퍽 느슨했던 모양이에요. 저희 사장님도 소싯적에는 술을 마신 채 운전한 적이 있다고 하셨거든요. 물론 지금은 안 그러세요. 택시 운전기사가 됐으니 어림도 없죠. 게다가 사장님은 개인택시 회사를 운영하시니까요. 무사고 모범 운전을 철칙으로 하시거든요. 미적지근한 면도 있는 아저씨지만 그 점에 한해서는 엄격하세요. 제가 술도 안 마시고 난폭 운전도 안 해서 마음에 드셨다나 봐요. 다른 부분은 어떤지 모르겠지만요.

"음주운전은 안 돼요. 법률위반이에요. 사고의 원인이잖아요."

"맞아요. 하지만 이 지렁이 같은 남자는 그렇게 생각하지 않았어요. 지금까지도 음주운전을 했으니까요. 몇 번이나 그랬어요. 하지만 한 번도 걸리지 않았죠. 사고도 일으키지 않았고요. 그러니 괜찮다고 굳게 믿어버린 거죠."

"괴상한 경험을 성공이라고 믿어버린 거네요."

"실패와는 종이 한 장 차이죠. 어쩌다 잘 넘겼을 뿐인데 성공이라고 철석같이 믿어버렸으니."

"커다란 착각이네요."

언제인가 유리아 씨도 비슷한 이야기를 해주셨잖아요. 그래서 당시에 저는 그 이야기를 들려드렸답니다.

"손님 이야기인데요. 자제분이 있는데 그 아이가 이른바 등교거부아래요."

"학교 같은 곳은 안 가도 돼요."

여자는 확신에 차 있었어요.

"그렇죠."

무심코 동의하는 바람에 이야기가 끝날 뻔했지 뭐예요. 잠깐, 그게 아니라요.

"좋은 게 좋은 거라지만 부모로서는 걱정되지 않겠어요? 그래서 고민하고 있었더니 주변에 아이 가진 동료가 이러니저러니 충고를 해준 거예요. 어릴 적 교육은 이렇게 해야 한다는 식으로요. 친구들과 교제하는 법을 좀 더 잘 가르쳐야 한다고 그랬대요. 부모가 살아가는 방식 자체가 아이에게 악영향을 끼친 게 아니냐고 하면서요. 하지만 어릴 적에 착실히 교육 시키고 친구와의 교제에도 마음을 쓰며 아무리 모범적인 모습을 부모가 보인다 해도, 학교에 가기 싫어하는 아이는 있는 법이잖아요. 그런데 주변 사람들은 자기 아이가 등교거부아가 아니니까 자신의 방식이 옳았다고 믿어버리죠. 자기 아이는 이런데 저 집 아이는 다르니까 이상하다는 식으로 단정 짓는 사람도 많나 봐요. 상대편에 서서 생각해보면 좋을 텐데 말이죠. 저 집은 이런데 우리 집은 이래. 그러니까 절대적 해답은 없는 거라고 말이에요."

"어쩌다 일이 잘 풀렸다고 해서 그걸 성공한 경험으로 여기는 건 착각일 뿐이에요."

"경험이 중요하긴 하죠."

"착각이에요. 어리석은 사람일수록 경험 때문에 오히려 견문이 좁아져요."

O역을 지나치자 내리막길이 나왔어요. 이 길을 다 내려가면 S바시 다리 사거리예요. 슬슬 목적지를 자세하게 물어봐야 하죠.

"일이 잘 풀리게 하는 방법론 같은 건 없잖아요. 예감이 좋아서 선택했다가 잘 안 풀릴 때도 있고, 위험천만이라고 생각하면서도 참고 견뎌낸 끝에 좋은 결과를 얻을 때도 있죠."

"이 독나방 같은 녀석도 마찬가지예요. 음주운전을 반

복해도 이제껏 무사고였죠."

"하지만 그런 일은 드문 법이죠. 이대로 사고를 일으키지 않으면 다행인데 일이 터지고 나면 돌이키기 힘든 상황이 되어버리니까요."

"이미 저질렀어요."

여자가 불쑥 중얼거렸어요.

"네?"

"사고가 났다고요."

빨간 신호.

S바시 다리 사거리에서 저는 자동차를 멈췄어요.

"여기예요."

백미러 속에서 여자가 제 눈을 똑바로 바라봤어요.

"여기에서 사고를 일으켰어요."

신호등 아래의 가드레일 옆에 말라비틀어진 노란색과 보라색 국화 꽃다발이 놓여 있었어요. 여자의 말대로 인명사고가 있었던 모양이에요. 입간판도 있었어요.

〔1월 21일, 심야에 발생한 뺑소니 사고의 목격자를 찾습니다.〕

5

"곧 A하라 역입니다. 어디쯤 세워 드릴까요?"

약간 당혹스러워하면서 저는 물었어요.

"이대로 직진해주세요."

신호가 파란색으로 바뀌어서 택시를 출발시켰어요.

"기사님."

여자가 별안간 화제를 바꿨어요.

"고양이와 살았던 적이 있나요?"

갑작스러운 질문이었죠. 저는 더욱더 어리둥절해졌어요.

"고양이 말씀이세요?"

키웠던 적 있죠.

옛날 일이에요. 십 년 전쯤이었죠. 지금은 없어요. 죽는 모습을 지켜보는 게 괴로워서 엄마는 두 번 다시 기르고 싶지 않다고 말씀하시곤 해요. 그 심정은 이해해요. 전혀 절 따르지는 않았어요. 이름을 불러도 가까이 다가오지 않았죠.

고양이가 자고 있을 때 이따금 슬쩍 다가가 등을 쓰다듬곤 했어요. 그러면 곧장 벌떡 일어나 도망가 버렸지만 가만히 있어 주는 경우도 있었죠. 부드럽고 따뜻하고 폭신폭신한 느낌이 좋았어요. 원, 어느 쪽이 기르는 입장인지.

상당히 머리가 좋은 고양이었어요. 싫어하는 손님의 신발에 소변을 갈겨놓기도 했죠. 엄마는 사람의 마음을 읽어내는 녀석이었다고 믿는 눈치에요. 말도 알아듣고 가족의 기분도 읽어내는 녀석이었다고 말이죠. 지금도 자주 말씀하시곤 하세요.

전 이 나이가 되도록 노상 엄마한테 잔소리를 듣고 있는데요. 넌 몇 번을 말해도 통 들어먹질 않는구나. 너보다 고양이가 더 말이 잘 통하겠다, 라면서요.

무뚝뚝했지만 가족밖에 모르는 고양이었대요. 정말 그랬던 걸까요. 그럴지도 모르겠네요.

무슨 일에든 시큰둥한 채 자유로이 살아가는 것처럼 보이면서도 어느새 이쪽을 빤히 바라보고 있기도 했어요. 등을 돌린 채 자고 있어도 귀만큼은 이쪽을 향해 있거나 꼬리를 파닥파닥 움직이기도 했죠. 가족의 대화를 조용히 듣고 있었던 걸까요.

제가 중학생 무렵에 녀석이 죽었어요. 울었죠. 분명 냉대받을 때가 많았는데 어째선지 응석을 부리곤 하던 기억만 되살아났어요.

형이랑 싸워서 울고 난 뒤 의기소침해 있었더니 녀석이 무릎 위로 올라와 줬어요. 평소 같으면 불러도 무시하던 녀석이, 코끝을 가까이 대며 쿡쿡 누르더라고요. 위로해줬던 거겠죠. 그 녀석, 날 퍽 생각해준 게 아닐까. 그런 생각이 들자 좀처럼 눈물이 멈추지 않았어요.

고양이는 말이죠, 죽으면 순식간에 몸이 굳으며 딱딱해져요. 녀석의 생명이 사라졌구나. 어디로 가버린 걸까. 그런 생각에 펑펑 울고 말았어요.

날 무척이나 생각해주던 녀석은 이제 없구나.

하염없이 흐르는 눈물을 주체할 수 없었죠.

사거리를 건너자마자 아저씨가 괴상한 소리를 질렀어요.

"일어난 거냐."

여자가 낮게 물었죠. 아저씨가 희미하게 눈을 떴어요.

"여기가 어디야."

아직 잠이 덜 깬 듯한 목소리였어요.

"이제 막 S바시 다리를 지났지."

"S바시 다리?"

아저씨가 눈을 떴어요. 아무래도 완전히 잠이 깬 것 같았어요.

"넌 누구지?"

"이 얼굴을 잊은 건가."

아저씨 쪽으로 고개를 돌리며 여자는 천천히 입꼬리를 올렸어요.

"아니지, 잊어버릴 리가 없겠지."

저는 비명이 터져 나올 지경이었어요.

백미러 속에서 여자의 입이 귀까지 찢어진 것처럼 보였거든요.

"넌 확인하지도 않았어. 차에서 내릴 생각도 안 했지. 그대로 도망쳐버렸으니까."

아저씨는 뒷좌석에 몸을 파묻은 채 그대로 굳어버린 것 같았어요.

"무슨 소리야."

"1월 21일을 기억하고 있겠지?"

크게 찢어진 입, 번뜩이는 눈동자.

"추운 날이었지. 새벽녘까지 비가 왔어. 아침이 되어서야 비가 그쳤지. 날이 개서 다행이라며 사나다는 기뻐하는 눈치였어. 이제 창가에 볕이 충분히 비치겠네. 일광욕을 할 수 있겠다. 다행이야. 커튼을 열어두고 나갈게. 얌전히 집을 지키고 있으렴. 그렇게 말하고 내 등을 쓰다듬었어. 난 겨울에 하는 일광욕을 유난히 좋아했지. 사나다는 그걸 알고 있었어. 나에 관해서라면 뭐든 알고 있었어."

번뜩이는 눈동자가 아저씨를 날카롭게 노려봤어요.

"차라리 날이 개지 않았더라면 좋았을 텐데. 온종일 비가 왔어야 했어. 그랬다면 사나다가 역까지 자전거를 타고 가는 일은 없었을 테니까. A하라 역에서 집까지 걸어왔다면 사고를 당하지 않았을 거야. 네놈을 만나지 않을 수 있었는데."

"무슨……."

아저씨는 떨기 시작했어요.

"무슨… 말을 하는 거야."

"사나다가 A하라 역에 돌아온 건 막차 시간이 거의 다 된 무렵이었어. 퇴근길에 후배 고마쓰의 상담을 들어줬거든. 사나다는 종종 술을 마시고 와서 날 귀찮게 했지만, 그날 밤엔 술을 안 마셨어. 고마쓰가 술에 약했으니까. 패밀리레스토랑에서 긴 시간 고마쓰의 푸념을 들어준 거야. 그냥 뿌리치고 돌아왔더라면 좋았을 텐데, 사나다는 그러지 않았어. 고마쓰는 직장에서 가장 친한 동료였고, 종종 '댁의 고양이한테 전해주세요'라며 선물을 받아오기도 했으니까. 귀가가 너무 늦어버린 거지. 조금이라도 빨리 집에 돌아가야 한다는 생각에 사나다는 초조해졌어. 방에 난방은 켜두었고 접시에 밥도 넣어 두었어. 하지만 진작 바닥났을 텐데. 내가 걱정된 사나다는 자전거 주차장으로 달려갔어. 배가 고파서 부루퉁한 채 기다리고 있겠네. 오늘 밤에는 선물이 필요하겠어. 편의점에 들러야지. 좋아하는 간식을 팔고 있으려나. 오로지 내 생각만 하면서 자전거를 타고 달렸어."

여자는 아저씨를 덮칠 듯이 얼굴을 바짝 들이댔어요.

"1월 21일 밤에 넌 잔뜩 취한 채 자동차를 몰았잖아. 그렇지?"

아저씨의 입이 반쯤 열렸어요. 목소리는 나오지 않았죠. 딱딱 이가 부딪히는 소리가 들렸어요.

"가게를 나와서 D마트 주차장에 세워둔 자동차에 탄

거야. 한잔한 정도가 아니라 거나하게 취했다고 해도 좋을 만큼 술에 떡이 된 상태였어. 음주운전이었잖아. 그렇지?"

여자의 찢어진 입 사이로 날카로운 송곳니가 드러났어요.

"M대로에서 S대로로 들어가 밤길을 질주했지. 퍽 속도를 올리고 있었을 거야. 50킬로였나 60킬로였나, 70킬로였던가. 어느 쪽이든 속도위반이었어. 그렇지?"

M바시 다리를 지나 경찰서 앞을 통과해서 이제 택시는 S대로에 가까워졌어요. 이대로라면 A하라 역에서 멀어질 게 빤한데, 도저히 뒷좌석을 향해 말을 걸 만한 분위기가 아니었어요.

"S바시 다리 사거리에서 넌 신호를 무시한 채 횡단보도를 건너던 자전거를 들이받았어. 사나다를 친 거지."

"으아아……."

아저씨가 목구멍을 쥐어짜듯이 비명을 질렀어요.

"으헉."

제 목에서도 한심한 목소리가 흘러나왔죠.

이 여자의 정체는 뭘까. 사나다 씨의 유령인 걸까?

"이 얼굴, 이 모습의 사나다를 쓰러뜨리고 들이받았어."

여자의 오른팔이 스르르 늘어나더니 아저씨의 목덜미

를 움켜잡았어요.

"돌려놔."

불을 뿜어내는 듯한 위협적인 목소리. 번뜩이는 눈동자. 찢어진 입 틈으로 보이는 날카로운 송곳니.

아냐, 유령이 아냐.

"내 사나다를, 내게 돌려놔."

여자의 손톱이 아저씨의 턱살을 찌르며 우드득 무자비하게 할퀴었어요.

"아파……."

아저씨가 울부짖었어요. 목에 빨간 선이 생기더니 피가 번졌어요.

"1월 21일 전으로 돌려놔."

제 등줄기는 얼어붙을 지경이었어요.

죽일 작정이야.

"네가 차로 들이받아 엉망진창으로 부숴버린 사나다를 돌려놔."

여자는 손톱을 또 한 번 움직이더니 아저씨의 턱살을 으득으득 후벼 팠어요.

"아프……."

아저씨는 숨을 삼키며 고통을 견디고 있었어요.

"1월 21일에 난 사나다가 돌아오기를 기다렸어."

잠시 손가락의 힘을 느슨하게 푸는가 싶더니 으드득으드득 또다시 깊이 할퀴었어요. 아저씨의 목이 시뻘겋게 변해 갔어요.

"해가 지고 창가의 바닥은 차가워졌어. 사나다가 돌아오기를, 기다렸어. 평소보다 늦네. 돌아오면 어떤 벌을 줄까. 선물을 들고 온다 해도 쉽게 용서해주지 않을 테다. 날 불러도 얼마간은 무시해줘야지. 털끝 하나 손대지 못하게 할까. 아니면 내민 손을 할퀴어줄까. 무릎을 발톱으로 찔러줄까. 몹시 애를 태워줘야지. 신나게 사색하면서 기다렸어. 하지만 아무리 기다려도 사나다는 돌아오지 않았지."

여자가 왼쪽 손바닥으로 아저씨의 늘어진 뱃살을 힘껏 눌렀어요.

"기다려도… 기다려도… 기다려도……."

여자의 손톱이 빙글빙글 돌며 아저씨의 뱃살을 파고들자 그 틈에서 피가 배어 나오기 시작했어요.

"선물 같은 건 필요 없었어. 사나다만 내 곁으로 돌아와준다면."

"아파……."

아저씨는 신음했어요.

"평소처럼 사나다의 얼굴만 볼 수 있다면, 아무것도 필요 없었다고."

"놔줘. 아프다니까."

"아파?"

여자의 얼굴은 어느새 인간의 모습이 아니었어요.

"사나다는 훨씬 더 많이 아팠어."

짐승의 얼굴이다.

아저씨의 배에서 핏자국이 서서히 번져갔어요.

"으윽… 아파, 아프다고."

네코마타. 이 여자는 인간이 아니야. 유령도 아니다. 네코마타였어.

"차디찬 길 위에서 사나다는 따뜻한 피를 흘리며 울 수조차 없었어."

진짜 죽이려는 거야. 이를 어쩌지.

"아무리 기다려도 돌아오지 않았어. 돌아오고 싶어도 그럴 수 없었던 거야. 네놈 때문에."

순간 좀 전에 지나쳤던, 도로 쪽으로 난 M바시 다리 근처의 경찰서가 떠올랐어요. 전 S대로를 우회하기로 했죠.

"병원으로 이송했을 때 사나다는 이미 죽은 뒤였어. 그런 걸 알 턱이 없었던 난, 사나다를 기다릴 수밖에 없었지.

불안과 공복으로 잠을 잘 수도 없었어. 사나다의 여동생이 울어서 퉁퉁 부은 눈으로 우리 방에 찾아온 건 1월 22일 저녁 무렵이었어."

S대로를 우회전했어요.

"푹신푹신했던 사나다의 배를 난 무척 좋아했어. 머리칼의 냄새도, 체취도 굉장히 좋아했지. 하지만 사나다는 재가 되어 유골함으로 들어가 버렸어."

여자의 손톱이 남자의 뱃살을 비틀어 올렸어요.

"아파……."

"네놈 뱃살의 이 흐물흐물한 느낌은 정말이지 역겨워. 머리 냄새도 고약하고 체취도 구려. 구역질이 나올 것 같다고. 몽땅 게워내 줄까."

"그러지 마, 제발……."

정말이지 구토만은 참아줘요.

다음 모퉁이의 신호등에서 다시 우회전했어요.

"네놈이 엉망진창으로 만들어버린 나의 일상을 돌려놔."

또 우회전. 전 일부러 핸들을 거칠게 꺾었어요. 하지만 아저씨를 압박하는 여자는 꿈쩍도 하지 않았어요.

"1월 21일에 해가 진 뒤로 더 이상 따뜻한 볕은 들지 않앉어. 그날 이후 단 한 번도."

아저씨의 거친 숨소리와 신음 소리.

좌회전. 아까 막 지나온 거리의 반대차선으로 되돌아왔어요.

M경찰서로 돌아가야 해, 서둘러.

"사나다를 돌려봐."

여자의 목소리가 무겁고 낮게 울렸어요.

"그럴 수 없다면 네놈 목숨도 끝장내버리면 그만이야."

"제발 그만해⋯⋯."

아저씨가 흐느꼈어요.

"만신창이로 만들어주지."

그만둬!

"손님, 도착했습니다."

M바시 다리 근처 경찰서 바로 앞에 택시를 세운 뒤 저는 소리쳤어요.

"내리세요!"

뒷좌석에서 아저씨의 목덜미를 물어뜯으려던 여자가 동작을 멈췄어요.

"아저씨, 당신 말이야."

손님에 대한 배려 따위는 전혀 없었죠. 전 거칠게 내뱉었어요.

"저쪽 건물로 들어가서 본인이 뺑소니범이라고 자수해."

눈물범벅이 된 아저씨가 눈을 휘둥그레 뜬 채 움직이지 않았어요. 전 안전벨트를 잡아 뜯듯이 풀고 운전석에서 내렸어요.

"내리라니까!"

아저씨가 웅크리고 있는 쪽의 문을 연 뒤 그의 뒷덜미를 잡은 채 힘껏 끌어내리려고 했죠.

"방해하지 마, 애송이."

여자가 몸을 앞쪽으로 내밀며 아저씨의 허벅지에 손톱을 박고는 막아서려 했어요.

"으윽, 아파……."

아저씨는 다시 괴로운 듯 소리를 질렀어요.

"쓸데없는 수작은 집어치워."

저는 여자의 얼굴을 보지 않으려고 애쓰면서 소리쳤어요.

"살인은 안 돼요!"

"네놈도 죽고 싶은 거냐."

거칠게 숨을 내뱉으며 낮고 굵은 목소리로 위협하는 거예요. 솔직히 말해서 엄청나게 무서웠어요. 그래도 어떻게든 목소리를 쥐어 짜냈죠.

"이딴 놈을 죽인다면 사나다 씨를 만날 수 없게 된다고요. 그래도 괜찮아요?"

여자가 힘을 빼는 게 느껴졌어요.

"사나다?"

지금이다. 저는 아저씨를 뒷좌석에서 단번에 끌어내렸어요.

"가!"

택시에서 굴러떨어진 아저씨는 인도에 엉덩방아를 찧었어요.

"어서 꺼지라고, 뺑소니범. 이 살인자야!"

"히익."

아저씨는 비틀비틀 휘청거리면서 일어섰어요.

"가! 가서 전부 솔직하게 털어놔."

아저씨는 기어가듯 경찰서 입구로 들어갔어요. 저도 그 뒤를 쫓아갔죠.

"무슨 일이십니까?"

제복 차림의 경찰관이 아저씨에게 말을 걸었어요. 아저

씨가 입을 열기 전에 제가 말했어요.

"S바시 다리에서 1월 21일에 뺑소니를 쳤던 게 본인이라고 말하길래 데려왔어요."

눈살을 찌푸리던 경찰관이 아저씨에게 물었어요.

"사실입니까?"

"맞아요."

유독 새된 코맹맹이 소리로 아저씨가 대답했어요.

"제가 음주운전을 하다가 자전거를 타고 가던 여자를 치고 달아났어요."

어린아이처럼 솔직한 말투로 바뀌어 있었죠.

"진짜예요. 절 체포해주세요."

"본인이 그렇게 말하고 있잖아요. 어서 체포하시죠."

제가 말을 보탰어요.

체포해서 엄청나게 무거운 벌을 내려 주세요.

아저씨가 술술 자백했기 때문에 제게는 꼬치꼬치 자초지종을 캐묻지는 않더라고요.

그래도 이래저래 시간을 빼앗기는 바람에 새벽 무렵이 다 되어서야 경찰서에서 나왔어요.

하늘은 짙푸른 색이었고 경찰서 위쪽이 어렴풋이 밝아오고 있었어요. 여자가 택시 옆에 서서 무서운 눈초리로 기다리고 있었죠.

"죄송했습니다."

사과할 수밖에 없었어요.

"죽이고 싶으셨을 텐데 훼방을 놔버렸네요. 그래도 저녀석은 이것으로 죗값을 치를 거예요."

"죗값?"

푸른 어스름 속에서 여자의 얼굴은 인간으로 되돌아와 있었어요. 사나다 씨의 얼굴로요.

"아무 소용없어."

"그럴지도 모르죠."

"아무리 속죄한다 해도 사나다는 돌아오지 않아. 죽여버리고 싶었는데."

"죄송해요."

"4년 동안 사나다와 함께 살았어. 4년 동안 사나다와 난……."

"무척 사이좋게 지내셨겠죠. 알 것 같아요."

"둘도 없는 단짝이었어. 애송이 네가 뭘 알아."

"죄송합니다. 하지만 그런 식으로 남자를 죽이는 건 좋은 방법이 아니에요."

"아까 그런 말을 했었지. 안 그래도 물어보려고 기다렸
어."

여자의 눈이 차갑게 빛났어요.

"무슨 뜻이지?"

여기에서 제대로 설명하지 못한다면 전 무사하지 못하
겠죠. 좀 전에 그랬잖아요. 네놈도 죽고 싶으냐고. 그렇게
무시무시한 말투로 위협받은 직후였으니까요. 협박이 아니
에요. 상대는 진짜 말 그대로 네코마타였다니까요. 저는 필
사적으로 말을 찾았어요.

"사나다 씨는 지금 천국에 있어요. 그곳에서 당신을 기
다리고 있죠. 언젠가는 만날 수 있어요. 그런데 당신이 저
남자를 죽여버리면 천국에는 갈 수 없어요. 저 남자랑 똑
같이 지옥에 떨어진다고요. 사나다 씨와는 만날 수 없게
되는 거죠."

네코마타의 존재를 가르쳐준 다도코로는 천국이니 지
옥이니 사후세계 같은 이야기도 잘 알고 있었어요. 전 어
릴 적의 실없던 대화를 떠올리면서 여자를 설득했죠.

"심판은 인간 세상의 법에 맡겨두고 당신은 고양이로
돌아가야 해요. 그런 녀석을 제 손으로 죽인 뒤 지옥을 떠

도는 귀신이 되면 안 되잖아요."

"사나다가 천국에 있다는 거지."

여자의 시선이 아득한 곳을 바라보고 있었어요.

"다시 만날 수 있을까?"

"그럼요."

저는 단언했어요.

"죽이고 싶었어. 어떤 말을 듣는다 한들 인간 세상의 심판 따위로는 부족해."

"죄송하게 됐어요."

"죽여버리고 싶었어. 하지만 난 사나다를 만나고 싶어."

"만날 거예요. 당신은 그 남자를 죽이지 않았잖아요. 만날 수 있다니까요."

"죽이지 않았어. 하지만 애송이한테는 폐를 끼치고 말았군."

여자의 시선이 택시 안의 운전석으로 향했어요. 4,020엔이 표시된 미터기. 퍼뜩 정신이 들었죠.

망했다. 아저씨한테 택시요금을 못 받았잖아.

"아니에요, 요금이야 뭐, 괜찮습니다."

전혀 괜찮지 않지만 달리 할 말이 없으니까요. 게다가 어느새 전 애송이 취급을 받고 있더라고요.

"사나다가 보고 싶어."

"진심으로 사나다 씨를 소중히 여기셨군요."

여자는 내 얼굴을 똑바로 바라봤어요.

"사랑받고 있었으니까. 나도……."

그 사람, 네코마타가 저와 시선을 맞춘 건 처음이었어요.

"사랑했어."

새벽녘의 푸르른 공기 속으로.

여자의 모습은 사라져갔어요.

"손님?"

여자가 서 있던 주변에 자그마한 덩어리가 떨어져 있었어요.

회색과 검은색 줄무늬의 앙상한 고양이 사체. 돌아오지 않는 인간을 하염없이 기다렸던 고양이. 기다리고 기다리다 결국 네코마타가 되어버린 고양이. 지금은 평범한 고양이로 되돌아와 기력이 다한 모습이었어요.

*

그 뒤 곧장 반려동물 화장터의 연락처를 알아내서 저 혼자 장례식을 치렀어요. 고양이 유골은 지금도 제 방에 있어요. 매일 아침 향을 피운답니다. 언젠가는 어딘가의 반려동물 묘지에 묻어줄 생각이지만 한동안은 제가 공양 하려고요. 이것도 인연이니까요. 이상한 인연이지만요.

딱딱해진 고양이 사체를 태울 때 말이죠, 조금 울었어 요. 그게 사실은요, 많이 울었어요. 눈물을 질질 짰죠. 콧 물까지 줄줄 흘렸다니까요. 장례식장 아저씨가 티슈 한 상 자를 건네줄 정도였어요.

사랑이라는 말은 근질거려서 해본 적 없지만, 앞으로 도 쓸 일이 없을뿐더러 그럴 용기도 없지만 분명 굉장한 말 이란 생각이 들어요. 고양이가 네코마타가 될 정도였으니 까요. 고양이란 동물은 참 기이한 존재 같아요. 어쩌면 굉 장한 건 사랑일지도 모르겠네요.

왜 그런지는 모르겠지만, 그냥 그렇게 모르는 채로 자 꾸 눈물이 나왔어요.

다만 한 가지 확실히 깨달은 건, 주인을 기다리는 개는 충견 하치코가 되어 미담이 되는데 같은 상황에서 고양이 는 네코마타가 되어 괴담이 되어버린다는 거예요.

이 이야기, 믿어지세요?

이런, 유리아 씨까지 우시는 거예요?

그것보다 화나신 건가요?

그렇죠. 죄송해요. 그런 아저씨는 죽이는 편이 나았을 텐데. 복수를 끝내도록 내버려 뒀어야 했는데 말이죠. 왜 막은 거야, 이런 멍청이. 무신경하기 짝이 없는 등신 애송이 같으니. 방금 이렇게 말씀하신 건가요? 유리아 씨까지?

제 얘기 좀 들어보세요. 아무리 변호해줄 거리가 없는 아저씨라도 역시나 눈앞에서 선혈이 낭자한 채 살해당하는 장면을 지켜볼 용기는 없었어요. 더군다나 그런 참극이 차 안에서 벌어진다면 이 택시는 폐차해야 하거든요. 차라리 토하는 손님이었다면 좋았을 거라며 사장님이 울지도 몰라요.

그리고 분명 그 고양이, 사나다 씨와 다시 만났을 거예요. 그저 임기응변으로 아무 말이나 내뱉은 게 아니에요. 훼방을 놓은 건 잘한 일이에요. 천국에 가서 사나다 씨를 만날 수 있게 하는 것. 그걸 위한 방해였으니까요. 그 고양이는 천국에서 사나다 씨와 함께 살고 있을 거예요.

그러니 그걸로 된 거잖아요. 전 그렇게 믿어요.

사나다 씨와 그 고양이는 1월 21일 이전의 나날로 되돌아갔을 거예요. 따스한 볕을 실컷 쬐며 일광욕도 하고 이따금 한바탕 뛰면서 사나다 씨를 밟기도 하고요. 그럴 거라 믿어요.

그래서 매일 아침 향을 피우는 거예요. 성불이라고 하잖아요. 한 사람과 한 마리가, 천국에서 최고의 나날을 보내길 바라며 진심으로 기도하고 있어요.

이 세상에는 네코마타가 존재한답니다. 천국이든 지옥이든, 뭐든 믿을 수 있어요.

도착했습니다. 이상한 이야기까지 들어주셔서 감사했습니다.

따님에게 들려주신다고요? 따님이 믿을까요?

아 참, 제가 펑펑 울었다는 건 따님께 비밀로 해주세요. 콧물을 흘렸다는 것도요.

제
2
장

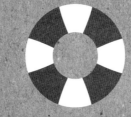

다
도
코
로

슬픈 일이나 괴로운 일은 머지않아 희미해지기 마련이니까.

하루하루 기억을 쌓으면서 과거를 덮어나가는 거야.

산다는 건 그런 거니까.

오늘도 저희 로터스 교통을 이용해주셔서 감사합니다.
운전기사 기무라입니다.

목적지까지 짧은 시간이나마 아무쪼록 편히 모시겠습
니다.

1

　오랜만이네, 고짱.

　갑작스레 연락이 와서 무슨 일인가 했어. 일단 나쁜 소식은 아니어서 다행이네. 뭐, 자초지종은 이제부터 들어봐야겠지만. 안 좋은 이야기는 아니지? 누군가 죽었다든가 그런 건 아니겠지?

　신짱이라고 불리는 것도 상당히 오랜만이다. 그립네.

　일? 한두 시간 정도라면 농땡이 부려도 돼. 그런 면에서는 융통성이 있어. 대형 택시 회사라면 매상의 기준이 나름 엄격하겠지만, 우리 회사는 사장님이랑 나뿐인 영세기업이니까. 차종? T사의 크라운. 흔히 볼 수 있는 모델인데. 어쨌든 고급 라인이야. 사장님이랑 둘이서 번갈아 쓰고 있어. 개인택시라면 통 크게 고급 차로 한 대 뽑는 것도 영업 수단이 되겠지만 벌이가 영 시원찮아서.

그야 영세기업 나름의 이런저런 불편한 점이나 불이익
은 있지. 대형 택시 회사만 출입할 수 있는 관할영역도 있
거든. 대학병원이라든가 은행 같은 곳 말이야. 그렇다고 아
등바등 돈을 벌 필요는 없으니까. 물론 사장님이야 부지런
히 벌어야 한다고 생각하실지도 모르지만, 나한테는 도저
히 무리라서.

그러고 보니 불과 사흘 전쯤에 운 좋게 비교적 장거리
를 가는 손님을 태웠는데. 이게 좀, 아니 상당히 기묘한 이
야기라서 말이야.

할아버지 두 분이었어. 배포가 큰 손님이었지. 돌아오
는 고속도로 통행료까지 내주겠다고 하셨다니까. 그런데
목적지에 도착했더니 자기들은 현금이 없으니까 잠깐만
기다려달라는 거야. 그 말을 들었을 때는 기절초풍했지.
이거 승차요금 사기 아닐까 생각했거든. 한술 더 떠서 나
보고 초인종을 눌러서 사정을 말해달라는 거야. 골치 아
픈 일에 휘말려버린 느낌이었지. 그렇다고 별수 있나. 시키
는 대로 했더니 인터폰 너머의 가족인 누군가가 선뜻 돈을
내주겠다고 하는 거야. 일단 안심했지. 할아버지들이 택시
에서 내려 집 안으로 들어갔고 엇갈리듯 밖으로 나온 중년

남자가 돈을 냈어. 몇만 엔이 넘는 금액이었는데. 어이쿠 감사합니다, 했지. 물론 아저씨 표정은 딱딱했지만 트집 잡거나 하지는 않았어.

딱히 기묘한 이야기도 아니라고? 아냐, 본격적인 이야기는 지금부터야. 결말이랄까, 진짜 사정이 있다니까.

어제 동종업계 사람들의 집합소 같은 백반집에 갔더니 낯익은 얼굴이 있었어. 아오야기 씨라는 분인데. 그래서 그 할아버지들 이야기를 했더니 아오야기 씨도 같은 손님들을 태운 적이 있다는 거야. 할아버지들이었대. 믿을 수 없게도 그 할아버지들은 말이야……

어라, 이 이야기 별로 안 궁금하다고?

알았어. 맞다, 나한테 하고 싶은 말이 있다고 했지. 정말 미안. 일단 뭔지 들어보자.

그래, 무슨 이야기인데?

동창회?

아하, 그거였군.

초등학교 동창회란 말이지. 언제?

아, 그날은 안 돼. 일요일이잖아. 출근해야 해.

그야, 사장님한테 생떼를 부리면 휴가를 낼 수야 있겠

지. 하지만 난 됐어. 별로 친한 녀석도 없는걸. 만나고 싶은 친구라 봤자 고짱이나 오야마뿐이야. 솔직히 구태여 동창회에 가고 싶은 마음도 없어.

여자애들을 볼 수 있다고? 그런 건 관심 없어, 진짜야.

하긴. 난 초등학생 때 여자애들이 정말 불편했어. 여자형제가 없어서 그랬나. 뭘 어떻게 대화를 이어가야 할지 모르겠더라.

언제부턴가 태연히 이야기할 수 있게 되긴 했지. 지금은 여자를 꽤 좋아해. 싫어하지 않아.

우리가 다녔던 초등학교는 학생 수가 적어서 한 학년에 두 반뿐이었잖아. 다 합쳐봐야 60명도 안 됐지. 반이 바뀌어도 반 친구들은 거의 그대로였어. 남자와 여자가 거의 반반씩이었지. 6년 동안 같이 지낸 친구들은 30명 남짓이었고. 그런데도 여자애들하고는 거의 교류가 없었던 탓에 다들 얼굴도 기억 안 나.

4학년이 될 때까지 철이 없었던 게 아닐까 싶어. 물론 말도 곧잘 하면서 까불며 놀기도 했고 글자도 배우고 산수 공부도 했지만, 여전히 어린애였으니까. 아무런 지각없이 지낸 느낌이랄까.

겨우 기억나는 시절이라곤 5학년쯤부터였어. 다들 그

렇지 않나?

우와, 넌 아니야?

2학년 때 갔던 농장 체험이라든가 3학년 때 했던 학예회, 4학년 때 갔던 과학박물관 견학까지 기억해? 굉장하네.

뿌리식물 같은 걸 캤었나? 버스를 타고 지바현에 있는 농가의 밭에 갔었구나. 전혀 기억이 안 나는데. 역시 고구마를 캤겠지?

그야 뭐. 감자 캐기 체험은 거의 없지 않나. 초등학생한테 토란을 캐라고 시키지도 않을 테고. 너, 씨감자 본 적 있어? 굉장히 기괴해. 요괴처럼 생겼다니까. 아이가 보면 놀라서 울 정도야.

어째서 아는 거냐고? 인터넷에서 봤으니까. 나, 뿌리식물 좋아하거든. 고구마를 캤던 일 같은 건 잊어버렸지만. 정말 나도 갔을까? 이왕이면 깊은 산골로 가서 참마를 캤더라면 좋았을 텐데. 참마 간 거 좋아하거든.

그런 이야기가 아니라고? 맞다. 동창회 이야기였지.

난 안 간다니까. 오늘 이렇게 너도 만났으니까 다음에는 오야마도 불러서 밥이라도 먹자. 그거면 충분해.

아까워? 뭐가?

우리 학교 동창생은 60명밖에 없어서 그만큼 사이가 돈독했단 말이지. 흐음, 그랬었나. 나 빼고 다들 그랬나 보네.

요즘도 자주 만나는구나. 흐음, 나 빼고는 다들 그렇구나.

여자애들도 만났다고? 우와. 전혀 몰랐어.

다들 화기애애하게 밥도 먹고 술도 마시다가 공원에 가서 깡통 차기˙를 하며 논단 말이지.

좋겠네, 즐거워 보인다. 나 빼고는.

아니, 그러니까 난 거기에 끼지 않아도 된다니까. 삐진 거 아냐. 솔직하게 말하는 거야.

친구는 너랑 오야마로 충분해. 집단행동은 원체 적성에 안 맞아서. 지금에 와서 다 함께 왁자지껄 어울릴 만한 성격도 못돼.

그런데 깡통 차기는 왜 하는 거야? 깡통 같은 걸 차는 게 재밌나?

알딸딸하게 취한 상태로 숨바꼭질하는 게 즐겁다고?

˙ 숨바꼭질의 하나로. 술래에게 들키지 않게 술래가 지키고 있는 깡통을 차는 놀이.

흐음…… 좀 마음에 있는 여자애랑은 같이 숨기도 해?

그렇게 노는 게 초등학생 시절로 되돌아간 듯한 기분이 들어서 즐겁다는 말이지. 우와. 난 초등학생 때도 그런 짓은 안 했는데.

좋아하는 여자애랑 같이 숨어 있는 동안 제대로 작업을 걸어서 개인적으로 번호를 교환한 뒤 만날 약속을 잡거나 한다고?

엉큼하기는. 어렸을 때나 지금이나 난 잘 모르겠다. 좋아하는 여자가 없으면 시시할 텐데.

아하. 다 같이 모인 날에 관심 있는 애가 없으면 깡통차기를 안 한다는 거네. 불순한 놀이잖아. 그런 거였군.

어쨌든 난 됐어. 깡통은 안 찰래. 동급생 중에 함께 숨고 싶은 여자애는 한 명도 없어. 다른 루트가 있으니까. 난 됐어.

그럼. 있지. 다른 루트. 응. 분명히 있다니까.

애인? 응. 뭐 그렇지. 그런 셈이야.

어느 틈에 생겼냐고? 다음에 이야기해줄게. 오야마도 불러서 밥이라도 먹을 때 말이야.

맞다, 한 사람 더 만나고 싶은 녀석이 있는데.

다도코로.

요즘도 자주 떠오르는 친구는 다도코로야.

그 녀석, 졸업앨범 단체 사진에는 없잖아. 문집에도 실려 있지 않고. 5학년 여름방학 끝 무렵에 전학 가버렸으니까.

굉장히 섭섭했어.

2

초등학교 5학년 때 지바현에 있는 T해안으로 여름 해변학교[*]를 갔잖아.

당시에 난 수영을 거의 못 했어.

수영 수업은 레벨에 따라 반이 나뉘었지. 100미터 이상 헤엄칠 수 있는 진정한 용자들은 검은색 수영모를 썼어. 50미터 이상을 헤엄치는 수완가들은 검은색 줄무늬가 들어간 하얀 수영모였지. 25미터 이상의 도전자들은 파란색 줄무늬의 수영모였고 그 이하에서 첨벙거리는 송사리들은 빨간색 줄무늬 수영모였잖아. 너나 오야마는 검은색 줄무

---

* 임해학교. 여름철 바닷가에 임시로 교육시설을 마련하여 어린이들에게 다양한 해양 지식과 수영을 가르치는 교육과정.

늬였는데 나만 빨간색 줄무늬였지.

송사리 동지들은 나 이외에는 여자애들뿐이었어. 그런데 다도코로도 빨간색 줄무늬였지. 든든했어. 뭐랄까, 그 덕분에 걔랑 친밀해진 듯한 기분이었어.

검은색 수영모 팀과 검은색 줄무늬 팀이 먼 거리를 도전하고 파란색 줄무늬 팀도 그들 나름대로 고된 수영 연습을 해나가는 와중에, 나랑 다도코로는 운동신경이 둔한 여자애들과 함께 물가에서 첨벙거렸지. 맞다, 비치발리볼 같은 것도 했었네.

부러워? 그럴 리가 있냐. 먼 거리 쪽이 당연히 멋있지.

멀리까지 수영하는 게 상당히 힘들었어? 그야 당연하겠지. 앞바다까지 몇 킬로미터나 헤엄쳤는데? 흠, 아주 먼 거리까지 간 건 아니었네. 당시에 가장 수영을 잘했던 애가 검은색 수영모를 쓴 사토라는 여자애였다고? 그런 이름은 기억이 안 나는데. 돌고래처럼 멋지게 헤엄을 쳤단 말이지? 굉장하네. 전혀 기억이 안 나. 난 빨간색 줄무늬 팀이었으니까 접점이 없잖아. 돌고래 여자애가 선두에서 휙휙 헤엄쳐 가면 그 뒤를 따라가느라 바빴구나. 육지로 올라왔을 때는 구토가 나올 만큼 힘들었다고? 새삼스럽지만 고생 많았네. 돌고래 여자애, 대단하다.

뭐, 지금 생각하면 돌고래 여자애한테 가차 없이 맹훈련을 당하는 것보다야 굼뜬 여자애들이랑 물장구나 치고 있었던 쪽이 평화롭고 즐거웠던 것 같긴 하네.

하지만 당시의 난, 여자애들을 대하는 게 서툴렀어. 다도코로가 없었다면 괴로웠을 거야.

여름 해변학교는 2박 3일이었지.

C구에서 운영하는 바닷가 숙박시설에 묵었잖아. 민박보다는 훌륭해도 료칸*보다는 수준이 떨어지는 2층짜리 철근 콘크리트 건물이었지. 해풍으로 부식이 심했던 탓에 건축 연수보다 훨씬 낡아 보이는 느낌이었어. 화장실 배수관은 붉은 녹투성이에다 욕조 타일의 줄눈은 검은 곰팡이 천지였어. 다다미도 햇볕에 바래서 누런색이고 레이스 커튼은 회색빛으로 거무스름해져 있었어. 지금 생각하면 관리 태만이라고 해야 할까, 제대로 청소하지 않았던 게 아닐까 싶어.

밤이 되면 화장실에 가는 게 무서웠지.

난 너랑 오야마랑 같은 방이었는데 무서운 이야기를 한 게 누구였더라. 오야마였나?

●   식사 및 숙박뿐만 아니라 온천을 즐길 수 있는 일본 전통 숙박시설.

맞다. 출발하던 날 버스 안에서 여자애들이 그런 이야기로 열을 올리고 있었잖아.

우리 학교가 아니라 다른 초등학교였나. 몇 년 전쯤 해변학교에서 이곳에 머물렀을 때 학생 한 명이 바다에 빠져 죽었다고 했지. 그 아이의 유령이 나온다는 이야기였어.

아니라고? 그 지역의 초등학생이었나. 어쨌든 T해안에서 빠져 죽은 거였잖아.

"물놀이 사고가 일어나지 않도록 특히 조심해주세요. 단독 행동은 절대 금물입니다. 본인의 몸이나 친구의 상태에 조금이라도 이상하거나 비정상적인 점이 느껴진다면 곧장 선생님에게 보고해주세요. 사소한 부주의로 사고는 순식간에 일어날 수 있습니다. 몇 년 전에도 이 해안에서 실제로 학생이 사망하는 사고가 일어났습니다."

인솔 교사였던 히라타 선생님도 그런 말씀을 하셨지. 단순한 '괴담'이 아니라서 생생했어.

맞다, 생각났어. 여자애들이 무섭다고 호들갑을 떨면서 숙소에서 귀신점을 쳤다나 봐. 비치발리볼 비슷한 걸 하면서 그런 이야기를 들었어. 열 받더라니까. 유령을 무서워하면서 어째서 일부러 불러내는 거냐고. 그것도 숙소에 도착한 그날, 점심을 먹기 전에 주어진 짧막한 자유시간에 귀신점을 치다니. 보통은 그런 짓 안 하잖아? 대체 제정신인 건지. 쓸데없는 짓이나 하고 말이야. 귀신을 불러냈는데 진짜 오기라도 하면 끝까지 책임질 거냐고.

어떤 책임? 잘은 몰라도 불경이라도 읊으면서 성불시켜 줘야 하는 거 아냐? 그거라도 해야지. 어떤 노력이든 말이야.

귀신점을 쳐서 유령이 왔는지 안 왔는지는 모르겠어. 어쨌든 난 여자애들한테 화가 나 있었어. 그리고 밤이 되니까 무서워졌지.

화장실은 방에서 멀었어.

남자 방은 2층이었는데 1층에만 화장실이 있었지. 밤이 되자 숙소 주변은 완전히 캄캄해졌어. 복도 조명은 어스름하고 형광등 커버 안에는 벌레 사체가 우글우글 쌓여 있었어. 어째서 애들이 묵는 시설에 그런 효과를 연출해놓은 걸까. 물론 연출은 아니었겠지만.

저녁을 먹은 뒤 식당에서 평가회와 게임을 한 다음 각자 방으로 돌아갔지. 그리고 소등하기 전까지 화장실에 갈 때마다 담력 시험을 했잖아. 나도 고짱도 오야마도 다들 전력 질주로 화장실에 다녀왔지.

사실 그럴 필요도 없었는데. 1층에 묵고 있던 여자애들은 친구끼리 같이 가서 서로 기다려주며 화장실에 다녀왔잖아. 우리도 그랬어야 했는데. 매번 다들 울상이 된 채 화장실과 방을 오가지 않아도 됐을 텐데. 아마 너였지? 오야마가 화장실에 간 틈을 타서 방의 전등을 일부러 꺼뒀잖아. 오야마가 돌아오자마자 이불을 뒤집어쓴 채 깜짝 놀라게 해줬지. 으아아악! 오야마가 엄청난 비명을 질렀어. 그래서 우리 모두 히라타 선생님께 머리를 얻어맞았고. 그걸 체벌이라 하기에도 민망하지만. 다른 방에서도 비슷한 짓을 벌였던 모양이야. 역시나 비명이 들렸으니까. 으아악, 이라든가, 히이익, 같은, 인간이 아닌 짐승이 지를 법한 포효였지. 그 상황을 진정시키려면 일단 회초리를 한번 휘두르는 수밖에 없었을 거야. 초등학교 5학년 남자애들이 모여 있으면 서커스단이 따로 없으니까. 그것도 조련하기 전의 동물이나 다름없지.

뭐, 그렇긴 해도 소등 후에는 다들 단번에 잠들었던 것 같아.

소등이 몇 시 정도였더라. 9시쯤 아니었어? 초등학생이니까 그쯤이었겠지.

잠들 수 있을까 싶었는데 전등이 꺼지니까 곧장 곯아

떨어졌어. 어쨌든 낮 동안의 피로가 쌓였을 테니까. 정말이지 수영은 엄청나게 체력을 소모하는 운동이라니까. 검은색 수영모 팀과 검은색 줄무늬 팀은 돌고래랑 멀리까지 헤엄을 쳤고, 파란색 줄무늬 팀도 나름대로 열심히 훈련했지.

체력을 소모하지 않았던 사람은 나와 다도코로뿐이었어.

일단 잠이 들었는데 그만 중간에 깨버렸어.

한밤중이었지. 몇 시쯤이었을까. 방의 전등은 꺼져 있어서 벽시계의 바늘은 보이지 않았어. 쌔근쌔근 곤히 잠든 오야마와 고짱의 숨소리와 함께 째깍째깍 초침 움직이는 소리만 울려 퍼졌지.

캄캄한 어둠 속. 큰일 났다. 화장실에 가고 싶어.

쌔근쌔근. 째깍째깍. 쌔근쌔근. 째깍째깍.

오줌 마렵다. 화장실에 가야 하는데. 하지만 혼자서 화장실에 가는 건 무서워. 어쩌지. 오야마나 고짱을 두드려 깨울까. 화장실에 같이 가자고 부탁해 봐?

난 못해. 모양 빠지잖아. 창피해.

오줌은 마려운데. 하지만 무서워. 이대로 다시 잠을 자버릴까. 그래야겠다. 눈을 감고, 좋아, 잠이 올 것 같아. 잠이 오려고 해.

이불에 오줌 싸면 어쩌지.

난 눈을 번쩍 떴어. 농담이 아냐. 여기에서 이불에 실례해버리면 학년 전체한테 웃음거리가 될 거야. 평생의 수치라고.

역시 일어나서 화장실에 가야 해. 하지만 무서운데.

한심하게도 끝없는 갈등에 빠져 몸부림치고 있는데 귓가에서 구원의 목소리가 들렸어.

"기무라, 깼어?"

다도코로의 목소리였어.

맞다, 고짱이나 오야마와 달리 다도코로는 날 신짱이 아닌 성 그대로 기무라라고 불렀지.

"다도코로, 너도 깬 거야?"

난 기뻤어. 살았다고 생각했지.

"화장실 갈래?"

암흑 속에서 둘이 같이 일어나 슬금슬금 벽장의 맹장지문을 따라 걷기 시작했어. 쪽방 크기의 코딱지만 한 방에서 오야마와 고짱은 복도 쪽, 나랑 다도코로는 창가 쪽에서 자고 있었거든. 앞서 걷다가 입구의 미닫이문 앞에서 자고 있던 오야마를 밟고 말았어.

"음냐."

괴상한 소리를 냈지만 오야마는 전혀 일어날 기미가 없었어.

"진짜 잘 잔다."

다도코로가 쿡쿡 웃었어.

복도에는 불이 켜있었어. 그렇긴 해도 방들이 쭉 늘어선 기나긴 복도에 당장이라도 꺼질 듯한 형광등이 달랑 하나였지. 으스름했어. 아래층으로 이어지는 계단에는 비상구 조명이 켜있었고. 아니나 다를까, 1층 복도의 형광등도 상당히 어두웠어. 나 혼자였다면 무서워서 걷지도 못했을 거야.

모든 학생이 잠들어 고요해진 복도는 정적에 휩싸였고 파도 소리만 들려왔어. 우리도 숨을 죽인 채 말없이 걸었어.

"다도코로, 네가 있어서 다행이야."

겨우 화장실에 도착해서 나는 문 옆에 있는 전기 스위치를 켰어.

"혼자였다면 계속 참았다가 내일 아침엔 이불에 지도를 그렸을 거야."

칸막이가 세 개, 소변기가 다섯 개쯤 늘어선 남자 화장실에서 형광등이 찬란한 빛을 발산하고 있었어.

"기무라, 아직도 이불에 실수해?"

아뿔싸. 무심코 발설해버렸네.

"설마. 그랬을지도 모른다는 소리지."

얼버무렸어. 사실은 당시에도 종종 이불에 실수했거든. 그야 중학생이 된 뒤로는 고쳤지.

"맞아. 그런데 이따금 난 위험할 때도 있어."

다도코로가 말했어.

"꿈속에서 화장실에 가서 오줌을 누잖아? 그땐 위험해."

다도코로와 둘이 나란히 서서 소변을 봤어.

"뭔지 알아."

"처음에 쌀 때는 세이프야. 뭔가 개운치 않은 느낌에 두 번째로 싸버리면 아웃이지. 서서히 엉덩이가 젖는 기분 나쁜 느낌이 들면서 깨닫는 거야, 이런 싸버렸네."

"동감이야."

대화하는 목소리가 울리는 느낌이 들었어.

"최근에야 두 번째 순간 직전에 잠에서 깰 수 있게 되었지만, 얼마 전까지만 해도 실수하곤 했어."

"완전 동감이야."

사실은 여전히 이불에 실수하면서도 난 허세를 부렸지.

"난 이불에 실수할 염려는 없지만, 오늘 밤엔 화장실에 올 수 있어서 다행이야. 어쩐지 화장실은 무섭잖아."

"남의 화장실은 특히나 더 그런 것 같아."

다도코로는 살짝 고개를 갸웃거리며 말을 이었어.

"학교 화장실도 구석 칸은 위험하다는 소문이 파다하잖아. 들어가면 못 나온다고들 하지. 피를 흘리고 죽어버린다는 이야기, 전국에 퍼져 있는 것 같아."

다도코로가 유령이라든가 요괴라든가 그쪽 주제에 해박하다는 건 그날 밤 알았어.

"윽, 싫다."

볼일을 마치고 세면대에서 서둘러 손가락을 씻으며 나는 대꾸했어.

"기무라, 넌 들은 적 없어? 구석 칸에 들어가면 빨간 휴지 줄까 파란 휴지 줄까 하는 목소리가 들린다는 이야기. 빨간 휴지라고 대답하면 피를 흘리며 죽고 파란 휴지라고 대답하면 피가 다 빠져서 새파래진 채 죽지."

세면대 거울에 비친 내 얼굴이 굳어졌어. 한밤중의 화장실에서는 듣고 싶지 않은 이야기였으니까.

"어느 쪽이든 죽는 거네."

"대답을 안 하면 돼. 아니면 구석 칸에 들어가지 말든 가."

"우리 학교에도 그런 이야기가 있었나?"

"확실하게 전해오는 이야기는 아닌데 여자애들은 다들 구석 칸은 피하는 것 같더라."

"나도 들어가지 말아야지."

사실 난 지금도 공중화장실에 가면 구석 칸은 피해. 물론 어지간히 급할 때는 예외지. 피를 흘리거나 피가 다 빠져서 죽는 공포보다 바지에 그만 실수해버리는 공포 쪽이 늘 이기거든.

"역시 화장실은 무서워."

파도 소리. 메아리처럼 울리는 말꼬리. 난 약간 겁을 먹은 상태였어.

"빨간 휴지 파란 휴지 이야기는 특히 무섭더라. 화장실에 들어가기만 해도 어이없이 죽는 거니까."

다도코로는 태연했어.

"귀신, 무섭다."

전혀 기억나지 않는데 어릴 적의 난 그런 게 꽤 '보였다'고 해. 한밤중에 아무도 없는 공간이나 벽을 가리키며 "저

아저씨, 누구야?"라고 묻곤 했대. 날 말리면서 거의 울 뻔했다고 엄마가 자주 말씀하시곤 했어. 그야 당연하지. 그만뒀으면 싶었을 거야. 그러니 당시의 나도 벌벌 떨었지. 무심코 귀신을 봐버리면 어쩌지.

"맞아, 무서워."

다도코로도 고개를 끄덕였어.

"그러고 보니 그런 말을 들은 적 있어. 전쟁 중에 앞바다 쪽에서 미군한테 폭격당해서 배가 침몰했대. 거기에 타고 있던 사람은 공습에 대비해 피신처로 향하던 아이들이었는데 다 죽었다나 봐."

우리 집 화장실에서는 쓰지 않는 싸구려 소독 냄새를 풍기는 탈취제. 그 냄새가 강하게 코를 찔렀어.

"지금도 T해안을 헤엄치다가 무심코 주위를 둘러보면 방공 두건을 쓴 아이들이 주변을 에워싸고 있을 때가 있대."

으아악! 난 소리를 지르며 화장실에서 뛰쳐나갔어.

복도를 달려 계단을 뛰어 올라가 캄캄한 방 안으로 쏜살같이 도망쳐 돌아왔어.

"으헉."

입구 근처에서 자고 있던 오야마를 다시 밟고 창가에 깔린 내 이불 속으로 뛰어 들어와서 머리끝까지 완전히 이불을 뒤집어썼어.

"미안, 미안."

얼마 안 있어 다도코로가 톡톡 이불 표면을 두드렸어.

"기무라, 미안하다니까."

웃고 있었어.

"어째서 그런 이야기를 하는 거야."

난 거의 울상이 되어 있었지.

"그렇게까지 놀랄 줄은 몰랐어."

"당연히 놀라지, 무섭다고 말했잖아."

"입으로는 그렇게 말하면서도 전혀 아무렇지 않아 하는 줄 알았지."

"그럴 리가 없잖아. 귀신은 싫다고."

"싫어?"

"귀신을 좋아하는 사람도 있냐."

"난 안 싫어하는데."

난 놀랐어.

"진짜?"

"귀신이든 요괴든 우주인이든 안 싫어해."

"요괴나 우주인은 이해하는데 귀신이 싫지 않다고?"

"다를 게 없으니까."

"다르지. 우주인이나 요괴는 괜찮지만 귀신은 무섭다고."

귀신이라는 건, 다시 말해 유령이라는 뜻으로 말한 거였어.

"왜 귀신만 싫어해?"

다도코로가 대뜸 그렇게 물어서 바로 대답이 나오지 않았어.

글쎄, 이유가 뭘까. 유령은 죽은 사람이라 그런가. 죽은 사람은 아무래도 무섭잖아?

"유령은 원래 같은 인간이었어. 우주인이나 요괴는 인간이 아니고. 어디에서 왔는지도 몰라. 그쪽이 더 무섭지 않아?"

"아냐." 난 부정했어. "귀신 쪽이 훨씬 무서워."

"살아 있었을 때 무척 좋아했던 사람이라도 무서워?"

"응."

"할머니라도?"

4학년 끝 무렵부터 5학년이 되기 전 봄방학 사이에 우리 할머니가 돌아가셨어. 다도코로는 그 사실을 알고 있었던 모양이야.

"물론 할머니는 좋아했지만, 지금 여기에 나타난다면 무섭지."

"어째서?"

다도코로가 다시 따져 물었어.

"생전의 할머니와 돌아가신 할머니는 다르니까."

웅얼웅얼 대답했지.

"달라?"

"그게, 돌아가셨으니까 몸이 없잖아."

할머니가 살아계셨을 때의 육체는 화장터에서 태운 뒤 뼈가 되어 묘지에 이장됐어.

할머니는 이제 없어. 몸은 어디에도 없지.

"몸은 없어도 마음은 남아 있다고 생각하지 않아? 혼은 남아 있는 게 아닐까?"

"몸이 없는 할머니는 할머니가 아냐. 귀신이지."

"그래서 무서워?"

난 고개를 끄덕였어. 원래는 똑같은 인간이고 같은 세상에서 비슷하게 살아가고 있었지. 그게 지금은 달라. 다르니까 무섭더라고.

"혼은 같다고 생각하는데."

다도코로는 어쩐지 쓸쓸한 듯 말했어.

"귀신이 된 할머니는 날 데려갈지도 모르잖아."

"사후세계로?"

나는 다시 고개를 끄덕였어. 결국 죽음 때문이야. 죽음이 무서웠던 거야. 귀신이 무서운 이유는 거기에 있을지도 몰라.

물론 당시에 난 그런 식으로 분석할 수 없었어.

"우주인은 사람을 우주선 안으로 데려가거나 하잖아?"

"애브덕션, 유괴 말이지."

좋아하는 분야라더니 다도코로 입에서 곧장 전문용어가 튀어나왔어.

"인간을 다른 세상으로 휩쓸리게 하는 요괴도 있지."

"하지만 난 그런 쪽은 비교적 아무렇지도 않아."

난 의기양양했어.

"우주선에 타보고 싶기도 하고, 요괴가 사는 세상도 재밌을 것 같아."

"과연 그럴까."

다도코로가 싱긋 웃었어.

"애브덕션을 당하면 우주인한테 수상한 외과수술을 받을 텐데. 정체를 알 수 없는 이물질을 신체에 주입하거나 내장을 꺼내기도 한대."

순간 우주인이 싫어졌어.

"아이를 낳게도 한다더라."

"진짜? 우주인이 그런 짓을 한다고?" 점점 우주인이 싫어졌어. "어째서?"

"우주인은 인간보다 우월한 문명을 가진 종족이니까. 인간을 실험동물로만 보는 거지."

우주인, 진짜 싫다.

"요괴가 사는 세상도 우주인과 별반 다르지 않을걸."

다도코로가 결정타를 날렸어.

"인간 세상이 낫겠다."

'비교적 아무렇지 않다'던 내 생각은 말끔히 사라졌어. 요괴 세상에서까지 아이를 낳도록 종용당한다면 견딜 수 없을 테니까.

"내 피를 이어받은 괴기스러운 요괴들이라니. 기분 나빠."

"'아빠'라고 부르겠지."

다도코로는 더욱 싱글거렸어.

"요괴와 기무라의 잡종이라니. 썩 괜찮을 것 같은데."

5학년의 그 여름 전까지 나한테는 다도코로에 관한 기억이 전혀 없어. 하지만 여름 해변학교, 특히 그날 밤을 계기로 우리는 굉장히 친해졌어.

바닷가에서 첨벙첨벙 수영할 때 둘이서 해당화를 따기도 했어.

"선물로 주려고. 엄마가 꽃을 좋아하시거든."

다도코로가 그런 말을 했어. 해당화라는 꽃, 그때 처음 알았어. 화려하고 커다란 분홍색 꽃이었어. 다도코로는 귀신뿐만 아니라 식물에도 일가견이 있었지.

"이파리가 두꺼워서 거슬거슬한 게 꼭 고양이 혓바닥 같아. 그래서 이건 고양이 혀라고 불러. 갯방풍도 자라나지."

다도코로한테 배우면서 그 애를 따라 이런저런 풀꽃들을 땄는데 방에 가지고 돌아왔더니 금세 시들어버렸어. 아무렇게나 방치한 탓이겠지. 다도코로는 집까지 무사히 가지고 돌아갔었나. 기억이 안 나네.

3

　다도코로와 사이좋게 지낸 건 5학년 여름뿐이었어. 그런데도 이런저런 이야기를 나눴던 건 생생하게 기억해.

　여름 해변학교에서 돌아온 뒤에도 여름방학은 계속 이어졌어.

　초등학교에서 여는 수영 교실에 매일 다니자고 말을 꺼낸 건 다도코로였어.

　"빨간색 줄무늬인 채로 끝나는 건 분하잖아." 다도코로는 열을 올리며 말했어. "검은색 수영모를 목표로 하자."

　다도코로의 목표는 높았어. 사실 난 파란색 줄무늬 수영모로도 만족스러웠거든.

　하지만 다도코로의 열정에 휩쓸려서 8월 중순쯤 수영

교실이 끝날 무렵에 난 검은색 줄무늬 수영모를 딸 수 있었지.

"다도코로, 네 덕분이야."

나는 말했어. 정말 그랬거든. 나 혼자였다면 절대 꾸준히 이어가지 못했을 거야. 날마다 다도코로가 함께여서 조금씩 거리를 늘려갈 수 있었으니까. 그래서 수영할 수 있게 된 거야.

"검은색 수영모까지는 도달하지 못했네."

다도코로는 새카맣게 탔어. 나도 마찬가지였고.

"내년에는 그걸 목표로 하자."

난 우쭐해져서 완전히 기세등등한 상태였어.

"그러게. 가능하다면 그러고 싶다."

다도코로의 대답이 약간 모호하게 느껴졌던 건 기분 탓만은 아니었던 것 같아.

다음 여름에 다도코로는 없었으니까. 그렇게 될 거란 걸 어쩌면 그 애는 이 시점에서 이미 알고 있었던 걸까.

다도코로네 집에는 사정이 있었어. 아빠랑 엄마가 이혼하셨거든.

"아빠는 B구에서 엄마는 S구에서 두 분이 각각 다른

아파트에 살고 계셔. 난 어느 쪽으로 가야 할지 모르겠어."

다도코로는 쓸쓸한 얼굴로 말했어.

"아빠도 엄마도 똑같이 좋아하니까, 곤란해."

다도코로의 고민은 심각했어.

"아빠랑 엄마가 헤어진 건 내 탓이야."

다도코로의 부모님이 어쩌다 이혼하게 된 건지 난 알 턱이 없었어. 그래도 그런 이유 때문은 아니었을 거야.

"너 때문은 아닐 것 같은데."

생각한 대로 말할 수밖에 없었어. 5학년이었으니까. 게다가 그 직전까지만 해도 철이 없었던 나로서는 그 정도의 위로가 고작이었지.

"아냐, 정말이야. 나만 제대로 앞가림했더라면 아빠랑 엄마랑 계속 함께 살 수 있었을 텐데."

나한텐 그런 책임감은 없었어. 애당초 아버지와 엄마의 관계가 어떤지 생각조차 해본 적도 없었지. 그야, 가끔은 부부싸움도 한다는 건 알고 있었지만 이혼할지도 모른다는 걱정을 한 적은 없었어. 아버지와 엄마라는 존재는 천지 창조 무렵부터 세계가 멸망할 때까지 부부일 거라고 난 굳게 믿고 있었거든.

하지만 다도코로한테는 아니었나 봐. 그렇지 않은 세상

도 있다는 걸 그 애한테 배웠어.

"제대로 앞가림한다는 게 어떤 건지 모르겠는데."

내가 말했어.

"다도코로, 넌 제대로 앞가림하고 있잖아."

"아냐. 그런 건 기무라 같은 경우를 말하는 거야."

"나? 전혀 아닌데."

그러기는커녕 제멋대로인데다 늘 엄마한테 혼나기만
했어. 아침에는 아무리 깨워도 안 일어나지, 겨우 눈을 떠
도 꾸물거리기나 하지, 떠들어대느라 챙기는 것도 굼뜨지,
화장실에서 노래 부르다가 형한테 빨리 나오라고 야단이
나 맞지, 세면대에는 세안제나 치약을 여기저기 늘어놓지,
겨우 집을 나서면 손수건이든 체육복이든 뭐 하나는 꼭 깜
빡하기 일쑤지.

"그걸로 충분해. 잘하고 있어. 기무라 넌 네 모습 그대
로 존재하고 있잖아. 그게 엄마나 아빠가 함께 있을 수 있
는, 무엇보다도 중요한 이유거든."

나는 다도코로의 말을 잘 이해할 수 없었어.

"그런가."

적당히 좀 하렴, 대체 넌 누굴 닮은 거니. 엄마는 항상
지긋지긋하다는 표정만 짓고 있는데.

얼마 전에도 욕실에서 나올 때 알몸인 채로 집 안을 뛰어다녔다가 엄청나게 꾸중을 들은 참이었거든. 그만두지 못하니, 보기 흉하게. 형은 안 그러는데 대체 넌 왜 그러니. 그러고는 손바닥으로 엉덩짝을 두들겨 맞았지.

"오늘도 엄마가 새긴 분노의 손자국이 여전히 엉덩이에 또렷이 남아 있다고."

"기무라 넌 효자야. 난 불효자고."

다도코로는 진지한 얼굴이었어.

"효자는 무슨. 어버이날에는 선물도 안 하는데."

예전에는 유치원에서 어버이날마다 종이로 접은 꽃이나 메시지 카드를 만들게 했던 것 같은데. 초등학생이 된 뒤로는 그랬던 기억이 전혀 없어.

"전혀 효자가 아냐. 나도 불효자인걸."

"넌 그걸로 됐어. 충분히 효도하고 있는 거야."

다도코로는 인정하지 않았어.

"불효자는 나야."

그러더니 조용히 고개를 가로저었어.

그런 식으로 심각한 가정사를 이야기한 적도 있었지만, 기본적으로 우리는 귀신 관련 이야기만 나눴어. 예를 들면 수영 교실이 끝난 뒤에 옷을 갈아입으면서 그런 이야기를 하곤 했지.

"수영장에 나오는 유령 이야기, 듣고 싶어?"

신이 나서 이야기를 꺼내는 쪽은 대개 다도코로였어.

"듣고 싶진 않지만 그래도 들을래."

무심코 듣고 나면 집의 화장실에 가는 것조차 무서워졌어. 그걸 알면서도 난 거부할 수 없었지.

"4번 코스가 위험해. 수영하고 있으면 발목에 머리카락이 휘감겨온대."

"머리카락?"

"예전에 4번 코스에서 빠져 죽은 여자애의 머리카락이야."

"히이익."

난 오들오들 떨었어. 다도코로는 싱글거렸고.

"우리 학교 이야기야?"

"글쎄, 난 책에서 읽었는데 도쿄의 어느 초등학교에서 일어난 괴현상이라고만 적혀 있었어."

우리 학교도 도쿄에 있잖아. 그 뒤로 난 그저 4번 코스가 걸리지 않기를 빌 뿐이었지.

"이 계단 말이야."

정면의 계단을 올라가고 있을 때 다도코로가 이렇게 속삭인 적도 있어.

"한밤중에는 계단 수가 바뀐다고 학교 직원이 가르쳐 주더라."

"진짜?"

나도 소곤거리는 목소리가 됐지.

"지금은 낮이니까 계단이 14개잖아. 그런데 한밤중에는 13개밖에 없대."

"으으, 소름 돋아!"

잘 생각해보면 계단의 수가 늘어나든 줄어들든 그다지 무서울 게 없는데. 물론 발밑을 보지 않은 채 계단을 내려오면 발을 헛디딜 염려가 있어서 위험하겠지. 막상 이야기를 들었을 때는 무서웠어. 다도코로가 싱글거리면서 이야기하면 더 소름 돋았거든.

"사후세계를 믿어?"

그런 이야기를 한 적도 있어.

"천국이랑 지옥이라는 게 있다고 생각해?"

"글쎄. 있다고 믿어오긴 했지만."

다도코로는 싱글거렸어.

"돌아가신 할머니는 있다고 말씀하셨어. 지금 어디에

계신 걸까. 천국이면 좋겠는데."

난 걱정스러웠지.

"기무라네 할머니, 살아계실 때 나쁜 짓은 안 하셨겠지?"

"아마도."

대답하면서도 난 점점 불안해졌어. 할머니의 인생 같은 건 거의 모르니까. 사실은 나중에 알게 된 것도 있어. 할머니는 남편, 그러니까 우리 할아버지를 젊은 시절에 여의었는데 그 뒤로 꽤 잘나가셨나 봐. 그래선지 상갓집에 할아버지 두 분이 오셔서 연적인 서로를 노려보더니 장례식이 끝난 뒤에는 몸싸움까지 벌이는 바람에 상당히 어수선했다고 해. 할머니는 치명적인 매력을 지닌 여자였나 봐. 공교롭게도 아무것도 한 게 없다고는 볼 수 없을 것 같은데.

"심각한 죄를 지은 적은 없으시겠지?"

"그럴걸."

"그럼 걱정하지 마. 천국에 계실 거야."

"천국은 어떤 곳일까. 할머니는 부처님이 계시는 평온한 곳이라고 말씀하시곤 했는데."

난 할머니의 유골을 묻은 절의 본당에 놓여 있던 부처님을 떠올렸어. 부처님은 거대한 몸집에 전신이 금색인데

다 곱슬곱슬 짧은 파마머리를 한 채 책상다리로 앉아 있었어. 역시나 조금은 걱정이었지. 평온한 곳이라…… 정말 그 럴까.

"부처님이 계시는 정토에는 수행을 거듭하거나 선행을 쌓아야만 갈 수 있대. 할머니는 어떠셨어?"

선행은 몰라도 수행하지 않았던 것만은 확실했지.

"불단에 꽃을 바치시긴 했어. 아침에 일어나면 곧장 물도 떠다 놓으셨고. 갓 지은 밥도 올려두셨지. 과일이랑 과자도 꼭 불단에 공양한 뒤에 나랑 형한테 주셨어."

사실은 불단 안에서 꽃이 시들어 있을 때도 있었고 물이나 밥도 이따금 잊으셨어. 게다가 공양한 뒤의 사과나 귤이나 과자는 향내가 배어버려서 맛이 없었기 때문에 나도 형도 전혀 좋아하지 않았어.

"기무라네 할머니는 잘 살아오셨네. 분명 극락정토에 계실 거야."

꽃이 시들어버리거나 물과 밥을 깜빡한 일뿐만 아니라 사랑의 쟁탈전에 대해서도 알 길이 없는 다도코로가 그렇게 보증해줬어.

"다행이다. 지옥은 싫으니까."

다도코로의 눈이 기쁜 듯 반짝거렸어.

"지옥은 아플 것 같잖아."

평온한 천국보다 지옥에 관해 이야기하고 싶었어. 다도 코로도 나와 그 점은 의견이 일치한 듯 보였어.

"맞아." 내 눈도 반짝였어. "거짓말을 하면 염라대왕이 혀를 뽑아버리잖아."

아주 어릴 적부터 할머니한테 들어온 말이었어. 그런데 도 거짓말을 하고 싶어 안달이 났지. 내 혓바닥이 뽑히는 벌은 확정이었어.

"혀를 뽑을 때는 불에 달군 철로 만든 장도리를 사용해."

역시 다도코로는 지옥에 관해서도 빠삭했어.

"뽑혀도 금세 혀가 새로 자란대."

그건 처음 알았지. 그렇구나, 다시 자라난다니 다행이네.

"그걸 다시 뽑는 거야."

혀를 뽑는 게 한 번으로 끝나지 않는다는 건가. 전혀 다행이 아니잖아.

"지옥은 대개 그런 패턴이야. 망자가 도깨비들한테 철봉으로 온몸을 두들겨 맞아서 가루가 되잖아? 그러고 나서 망자가 다시 살아나면 철봉으로 또 두들겨 패는 거야."

"엄청나게 아플 것 같은데."

난 가슴이 두근거려서 몸을 배배 꼬았어. 고통스러운 이야기를 들으면 섬뜩섬뜩하면서도 한편으로는 두근거리기도 하잖아. 물론 자기가 똑같은 일을 당하지 않는다는 전제가 있어야겠지만.

"불에 그을린 철벽 사이에 망자가 끼어서 납작해지기도 해. 원래대로 되돌아오면 다시 철벽에서 찌그러지지."

"인간 센베이가 따로 없네."

덜덜.

"부글부글 기름이 끓어오르는 솥 안에서 몇 백 일이나 삶아지기도 해."

"인간 감자칩이잖아."

콩닥콩닥.

"망자들은 어째서 그런 일을 겪는 거야?"

"동물을 죽였거나 나쁜 생각에 사로잡히거나 했으니까."

오싹오싹. 난 같은 일을 당하지 않고 무사할까.

"난 절대 동물은 안 죽일 거야."

"살생은 해선 안 돼. 그런 짓을 하면 무조건 지옥행이라고 생각하면 돼. 염라대왕이랑 도깨비들이 눈에 불을 켜고 기다리고 있으니까."

다도코로는 즐거운 듯 고개를 끄덕였다.

"동물은 안 죽일 거고. 벌레는? 모기랑 바퀴벌레랑 개미랑 공벌레랑 지렁이는?"

그런 것들이라면 이미 난 아웃이었거든.

"흐음, 벌레는 동물이 아니지 않나."

애매했지. 다도코로는 요리조리 시선을 움직였어.

"망자들이 사로잡힌 나쁜 생각이라는 건 어떤 걸까."

"동물을 죽이는 것만큼이나 나쁜 걸 말해. 상당히 안 좋은 거야."

"생각나는 게 없는데."

"그래? 그럼 기무라 넌 문제없어. 센베이 과자나 감자칩이 되는 일은 없을 거야."

"다행이다. 이제 지옥에 떨어져도 안심이야."

아니 잠깐만, 무슨 소리야. 이봐, 안심할 때가 아니잖아. 일단은 지옥에 가지 않을 궁리를 하라고.

"근데." 다도코로의 눈동자가 다시금 반짝였어. "지옥에는, 노는 데 혈안이 된 사람들을 거대한 절구로 갈아서 뭉개버리는 고문도 있어."

"참마 대신 인간을 갈아버리는 거네."

오싹오싹. 되도록 게임에는 너무 빠지지 않도록 조심해야지.

"지옥은 위험한 곳인 것 같아."

"지옥에 떨어질 거라고 정해진 것도 아닌데 뭐."

"자신이 없어. 나, 뭔가 나쁜 짓을 저지를 것 같아. 그래서 그만 염라대왕이랑 도깨비들을 만나고 마는 거지."

"섣불리 그런 생각은 하지 마. 지옥은 옛날 사람들이 생각해낸 교훈이니까. 어디까지나 삶을 위한 교훈인 거야."

다도코로는 웃고 있었어.

"살아가는 사람들은 천국을 믿는 편이 좋아. 죽은 뒤에라도 소중한 사람들과 다시 살아갈 수 있는 세계가 있어. 그걸 믿으면 돼."

생각해보면 이상한 말만 잔뜩 주고받았지만 다도코로와 이야기하는 건 늘 즐거웠어.

8월은 할머니가 돌아가신 뒤의 첫 오봉*이었어.

아버지랑 엄마랑 형, 친가 쪽 삼촌이랑 고모랑 사촌들까지 온 가족이 함께 절에 갔어. 본당에서 스님의 불경을

---

* 음력 7월 15일을 중심으로 행해지는 일본의 명절.

들으면서 나는 졸음을 참으며 짧은 곱슬머리 파마를 한 금빛 부처님을 올려다봤어.

다도코로의 말을 떠올리며 천국에 관해 생각했지. 분명 할머니는 천국에 계셔. 천국에서 짧은 곱슬머리 파마를 한 금색의 부처님과 함께 있겠지. 할머니가 금색의 짧은 곱슬머리 파마머리에 헤드록을 걸면 부처님이 그대로 할머니를 백드롭으로 메치고…….

"으헉."

깜짝 놀라서 목소리가 새어 나왔어.

"왜 그러니?"

엄마가 눈을 동그랗게 뜨고 내 얼굴을 들여다보고 있었어. 깜빡 졸았던 모양이야. 터무니없는 꿈을 꿨거든.

그 뒤로 다도코로를 만나자마자 부처님과 할머니가 프로레슬링을 한 꿈 이야기를 들려줬어. 틀림없이 웃을 것 같았거든. 하지만 다도코로는 웃지 않았어. 그 대신 충격적인 한마디를 꺼냈지.

"우리가 만나는 건 오늘이 마지막이야."

청천벽력이라는 건 이런 상황을 말하는 거겠지.

"뭐……."

뭐라고? 이 말이 목구멍에서 막혔다가 가까스로 쉰 목

소리가 나왔어.

"이사 가는 거야?"

다도코로는 눈을 내리깔았어.

"여름방학이 끝나면 이제 학교에는 갈 수 없어."

다도코로와 이야기를 나눈 곳은 초등학교에 인접한 R 공원이었어. 점심을 먹은 뒤 오후 1시가 지나서였나. 철망 너머로 학교의 수영장이 보이는, 등나무 시렁 부근이었지. 철망을 따라 심어놓은 수풀에 분꽃이 노란 꽃봉오리를 가득 달고 있었어. 아침부터 30도가 넘을 만큼 더웠어. 파란 하늘에는 구름이 커다랗게 피어올랐고 눈부실 정도로 태양이 수영장 주변을 하얗게 내리쬐고 있었어. 다도코로와 나 말고는 아무도 없었지. 매미 울음소리가 귀를 뒤덮을 것처럼 시끄러웠던 게 기억나.

"내일부터는 아예 못 만나는 거야?"

난 수다쟁이인 주제에 진심으로 하고 싶은 말이나 해야만 하는 말은 제대로 표현하지 못해. 시답잖은 이야기라면 주저리주저리 잘도 떠들어대면서. 아마 깊이 생각하지 않아서겠지. 조금이라도 제대로 생각할라치면 더는 안 되는 거야. 가슴이 답답해지고 혀가 굳으면서 도통 말이 안 나오거든.

어릴 때나 지금이나 여전해.

"새 주소를 알려줘. 편지 쓸게."

편지를 쓴다니, 나로서는 거의 있을 수 없는 일이었어. 글을 쓰는 건 좋아하지도 않고 연하장조차 제대로 쓴 적이 없었으니까.

하지만 당시에는 그런 말밖에 할 수 없었어.

"그래. 그것도 좋겠네."

다도코로는 모호하게 고개를 끄덕였어.

"나중에 내가 연락할게. 그때 답장을 보내줘."

결국 그날 이후 다도코로한테선 연락이 오지 않았어. 그래서 그런 불확실한 태도를 보였던 거겠지. 연락할 수 없는 어떤 사정이 있었을 거야. 만약 연락이 왔어도 내가 착실히 답장했을지 의문이기도 하고. 편지는 싫어하는 데다 전화나 문자도 좋아하지 않으니까. 오히려 질색하는 쪽이라서 한두 번은 그렇다 쳐도 몇 번씩이나 계속 연락을 주고받는 건 힘들지 않았을까 싶어.

꼭 만났어야 했는데. 특히 어릴 적 친구들은 그렇잖아. 직접 얼굴을 맞댄 채 이야기하며 웃고 그러지 않으면 사이는 곧 멀어지고 말지. 금세 친구가 된 만큼 멀리 떨어지면 간단히 사이가 끝나버리는 거야.

당시에도 난 어렴풋이 그걸 느끼고 있었어.

그날, 일제히 울어대는 매미들의 격렬한 울음 속에서 사람 그림자 하나 없는 수영장을 얼마나 바라보고 있었는지 잘 기억이 안 나. 긴 시간이었던 것 같기도 하고 순식간에 다도코로가 작별을 고했던 것 같기도 해.

"잘 있어."

다도코로가 뒤돌아섰을 때 난 이렇게 외쳤어.

"또 보자!"

내가 할 수 있었던 건 믿고 싶은 걸 말하는 것뿐이었어.

"만날 수 있는 거지? 다도코로, 다시 볼 수 있는 거지?"

대답은 들리지 않았어. 난 곧장 등을 돌리고 집까지 뛰어왔어.

발길을 멈추려고도, 귀를 기울이려고도, 하물며 뒤를 돌아보려고도 하지 않았어. 그때는 어떤 괴담보다 다도코로의 대답을 듣는 게 두려웠으니까.

그날 이후로 지금까지 난 다도코로를 만날 수 없었어.

그러니 그 애만큼은 꼭 만나고 싶어.

뭐라고?

고짱, 무슨 소리를 하는 거야.

다도코로를 모른다니.

그새 잊어버린 거야?

그야 다도코로가 졸업앨범 메인의 단체 사진에는 없지만. 어쩔 수 없었잖아. 5학년 여름방학이라는 어중간한 시기에 전학을 가버렸으니까.

하지만 다도코로는 확실히 있었다고.

뭐야, 5학년 때 갔던 여름 해변학교 단체 사진에도 없어? 그랬나? 그럴 리가 없는데. 글쎄 진짜 있었다니까.

단체 사진뿐만 아니라 스냅사진 한 장조차 찍힌 게 없다고? 1학년 때부터 5학년 때까지 다녀온 농장 체험이나 국립과학박물관 견학이나 I공원으로 간 소풍이나 T산으로 간 등산에도, 단 한 장도 없어?

그러고 보면 나도 마찬가지일 것 같은데. 안 그래?

물론 졸업식 전의 단체 사진에야 있지만, 내가 찍힌 스냅사진은 전혀 없을걸.

뭐, 졸업식에서 받은 이후로 졸업앨범 자체를 거의 펼

처보지 않았으니까 완전히 단정 지을 자신은 없지만.

왜 안 보냐고? 그러니까 계속 말했잖아. 친구가 없었다니까. 고짱이랑 오야마뿐이었어. 그리고 다도코로. 5학년까지의 기억도 어렴풋한데다 앨범을 뒤적여 봤자 완전히 남 일처럼 느껴져서 재미도 없거든.

하지만 다도코로는 있었다니까. 확실해. 나랑 사이가 좋았다고.

뭐? 고짱한테는 애초에 다도코로라는 반 친구에 관한 기억이 없어? 그럴 리가 있냐. 난 똑똑히 기억하는데.

다도코로는 진짜 있었다니까.

상상 속의 친구? 그게 뭔데?

나한테만 보이는, 내 공상에만 존재하는 친구였다는 뜻이야? 설마. 내가 그렇게나 친구에 굶주려 있었을 리가 있냐.

그럼 자시키와라시* 아니냐고? 뭔지 알아. 요괴잖아. 히라타 선생님이 말씀하신 적이 있어? 그건 모르겠는데.

"다들 졸업해서 성인이 되었으니 하는 얘긴데 당시 여

---

* 일반적으로 소년의 모습을 한 채 집 안에 나타나는 요괴로, 일종의 수호신 같은 존재.

름 해변학교에는 자시키와라시가 있었단다."

예전에 동창회에 초대했을 때 히라타 선생님이 그런 말씀을 하셨어?

"해변에서 모두의 인원을 눈으로 세면 한 명이 많았지"라든가 "저녁을 먹은 뒤 미팅 시간에 설문을 겸한 짤막한 작문을 쓰게 하면 어째선지 예비 용지가 뒤섞여 있고 인원수보다 더 많이 회수되었지"라든가.

히라타 선생님이 그런 이야기를 하셨구나.

그렇다고 자시키와라시라니, 다도코로는 그런 존재가 아냐. 요괴가 아니라고.

확실히 있었다니까.

애초에 자시키와라시가 뭔지 내가 알고 있는 것도 다도코로가 가르쳐줘서인데.

4

오늘도 저희 로터스 교통을 이용해주셔서 감사합니다. 운전기사 기무라입니다.

목적지까지 짧은 시간이나마 아무쪼록 편히 모시겠습니다.

어디까지 가십니까?

"기무라, 오랜만이야."

역시 다도코로 맞구나. 보고 싶었어.

"별로 안 놀라네."

놀랐어. 꽤, 아니 상당히 놀랐다고. 아까까지 고짱이랑 만나서 이야기하고 있었거든. 오늘까지만 해도 전혀 의심조차 안 했어. 다도코로 네가…….

"기무라 너한테만 보였다는 거?"

그럴 리가 없지 않으냐며 반신반의한 기분이었지. 하지만 이제 막 C회관에 손님을 내려준 뒤 때마침 그 장소를 지나가게 됐는데……

"초등학교 앞을 통과해서 말이지?"

R공원 앞에서 자그마한 그림자가 손을 들며 내 택시를 부르고 있잖아. 이미 밤 11시였어. 아이 혼자 거리를 돌아다닐 시간은 아닌데. 학원이 끝나고 집에 가는 길에 택시를 타지는 않으니까. 그래서 어쩌면 그런 걸지도 모른다고 생각했어. 날이 날이니만큼 다도코로가 부르고 있는 게 아닌가 하고 말이야.

택시를 멈추고 차에 태운 뒤 얼굴을 보니까 역시 너였다는 게 곧장 기억나더라.

"이제야 만났네."

그런 일도 있는 법이라고 믿는 수밖에 없어. 이렇게 예전 모습 그대로 다도코로 네가 여기에 있으니까.

"기무라, 미안하지만 B구의 H야마 역으로 가줄래?"

좋아. 출발한다. S대로에서 북쪽으로 올라가다가 O동네 부근에서 좌회전한 뒤 H야마대로로 들어갈 거야. 그 경로로 가도 괜찮겠어?

"알아서 부탁할게."

넌 나의 상상 속 친구 같은 거야?

"아냐. 난 네가 만들어낸 상상이 아냐."

친구가 별로 없어서 널 만들어낸 건 아니란 말이지? 어쨌든 난 고짱이랑 오야마랑 다도코로밖에 기억하지 못하는, 친구가 거의 없는 인간이니까. 다른 동급생들, 특히 여자애들은 내 이름도 기억하지 못할걸.

"내가 그래. 학교에서 사라져도 아무도 눈치채지 못할 것 같은 존재였지."

다른 애들이 봤을 때 나 역시 그런 존재나 마찬가지 아니었을까. 다 함께 깡통 차기를 한다 한들 아무도 찾지 않겠지. 숨어 있든, 술래가 되어 깡통을 지키고 있든, 어차피 놀이가 끝나면 혼자 남겨질 거야.

"기무라, 넌 존재하지 않은 게 아냐. 졸업앨범 사진에 있으니까."

사진뿐이야. 기억에는 없겠지.

"너한텐 고짱도 있고 오야마도 있잖아."

응. 그래서였나 싶어.

"뭐가?"

여름 해변학교 때는 고짱도 오야마도 검은색 줄무늬 팀

이었는데 나만 빨간색 줄무늬 팀이었어. 두 사람이 돌고래 여자애를 따라 망망대해를 헤엄칠 때, 난 데면데면한 여자애들이랑 물가에서 첨벙첨벙 물장구나 치고 있었지. 걔네랑 같은 방을 썼지만 혼자 소외되었다는 고립감은 확실히 있었어. 그래서 다도코로를 머릿속에서 만들어낸 건가 하는 생각도 했어.

"네가 만들어낸 건 아냐. 난 귀신이니까."

다도코로는 자시키와라시야?

"아니. 난 그런 요괴가 아냐."

나야말로 자시키와라시 같은 존재였는데.

"난 네가 싫어하는 종류의 귀신이야. 정확히 말하면 그날 여자애들이 귀신점으로 불러낸 귀신, 유령이야."

역시 그랬구나.

"귀신점 치는 법 알아? 종이에 히라가나로 오십음을 적고 그 위에 10엔짜리 동전을 올린 다음 검지를 대는 거야. 그리고 '귀신님, 여기에 와주세요'라고 비는 거지. 그렇게 불러낸 '귀신님'한테 질문을 하면 돼. 난 주변을 배회하다가 얼떨결에 불려온 거야."

어떤 질문을 들었어?

"나나에를 좋아하는 남자가 누구냐고 묻던데."

알 턱이 있냐.

"내 말이. 그걸 어떻게 아냐고. 딱히 대답해줄 게 없는데."

여름 해변학교에 가서 유령을 불러내서까지 그런 걸 물어본다고? 초등학교 5학년 여자애들의 마음은 정말이지 수수께끼 같네.

"모른다는 대답을 쓰고 있는데 도중에 여자애들이 와글와글 떠드는 바람에 갑자기 끝나버렸어. '시라*'라고 썼네. 시라이를 말하는 건가 봐!' '서로 좋아한다니 다행이네!' '축하해!'라면서 잔뜩 흥분해서는."

시라이? 그건 고짱의 성씨인데. 굳이 깡통 차기 같은 게임을 할 필요도 없이 옛날부터 인기가 많았네.

뭐, 어쨌든 이해가 된다.

"무서워?"

신난다고는 말할 수 없지만 무섭진 않아. 다도코로 너니까. 그때는 여자애들이 쓸데없는 짓을 한다고 생각했는데. 결과적으로는 좋았던 셈이야.

• 일본어로 '모른다'는 뜻의 '시라나이'를 쓰려는 도중에 글씨가 끊겨서 '시라'까지밖에 쓰지 못한 상황을 뜻함.

"그렇게 생각해주는 거구나."

다도코로 네가 있어서 외롭지 않았어. 즐거웠어.

"기쁘다. 나도 즐거웠어. 괜찮은 여름이었지."

어째서 나한테만 네가 보인 걸까.

"파장이 맞았어. 뭐랄까, 기무라 넌 그게 보이는 사람이잖아. 게다가 나도 5학년 여름에 그 바다에 가기 직전까지는 빨간색 줄무늬 수영모였거든. 친구도 많지 않았고. 여자애들은 상대하기가 힘들었어. 시라이라는 남자애? 알 턱이 없지. 그냥 마음이 통했던 게 아닐까. 그때까지도 여전히 엄마나 아빠가 있는 곳이나 T해안을 떠돌았는데 친해진 건 너뿐이었어. 그 이후로도."

너도 나랑 같은 학교에 다녔던 거야?

"같은 구의 T제일초등학교에 다녔어. 여름 해변학교에서 같은 숙소에 묵었지. 그러다 사고를 당했어. 엄마한테 부탁해서 수영 교실에 다녔는데 여름방학이 되기 전에 검은색 줄무늬 수영모로 올라갈 수 있었어. 아직 수영에 익숙해지지 않았던 거야. 한순간에 파도에 휩쓸렸는데 그걸로 끝이었지."

히라타 선생님이 이야기해준 건 다도코로 너였구나.

"너보다 한참 선배일걸."

방공 두건을 쓴 아이들에게 둘러싸였던 건 아냐?

"순식간에 코랑 입으로 물이 들어가더니 의식이 멀어졌어. 유령을 볼 여유도 없었지."

안타깝다. 네가 귀신을 좋아한다는 건 진짜였구나.

부모님 이야기, 어째서 네가 그렇게까지 책임을 느끼고 있었는지 이제야 알겠네.

"맞아. 나만 무사히 살고 있었더라면 부모님은 이혼하지 않았을 거야."

부모님은 건강하셔?

"두 분 모두 건재하셔. 엄마는 재혼했고 아빠는 혼자 살고 계셔. 두 분 다 일하면서 안정적인 삶을 보내고 계시지. H야마에는 아빠의 아파트가 있어."

말할 필요도 없지만, 택시요금은 안 내도 돼.

"돈이 없어서 미안해. R공원에서 H야마까지 거리가 상당한데. 이건 꼭 사기 같잖아."

괜찮아. 오랜만에 만난 어린 시절 친구니까. 그야 고짱이랑 오야마였다면 밥벌이하는 어른이니까 제대로 돈을 받겠지만 다도코로는 아이잖아.

"아이인데다 귀신이지. 맞다, 네가 태웠다던 불가사의한 손님의 이야기가 듣고 싶은데."

불가사의한 손님? 고양이 귀신?

"두 할아버지 일행 말이야. 배포가 큰 손님 이야기."

아, 고쨩한테 들려주려다 슬그머니 거부당한 이야기 말이지? 고쨩은 그런 이야기에 전혀 흥미가 없더라고. 현실에서 꽤 잘나가서 그런지 현실주의자거든. 하지만 넌 분명 좋아할 거야.

"굉장히 좋아해. 아무래도 택시에는 그런 종류의 괴담이 많잖아."

괴담이 현실에서 일어난다는 게 놀랍다니까.

돌아오는 고속도로 통행료까지 내주겠다고 말한 장거리 손님들. F가와 강 근처에 있는 사원 앞에서 태웠어. 목적지는 이바라기현의 O해안이었지. 정말 먼 거리야. 운전해서 두 시간 조금 넘게 걸리니까. 거의 한밤중이라 도로가 텅 비어있었기에 망정이지, 낮이었다면 세 시간은 걸렸을걸. 요금은 심야 할증까지 붙어서 이미 제법 짭짤한 액수가 되어 있었지. 그런데 웬걸, 집에 도착했더니 "우린 돈이 없다네"라고 하셔서 어찌나 당황스럽던지.

"초인종을 눌러서 자네가 우리 집안사람한테 사정을 말해주게."

미치겠네, 골치 아프게 됐어. 심야 두 시 반에 인터폰을 눌러서 가족을 두드려 깨우고 설명하라니, 커다란 말썽을 피하긴 힘들겠단 생각이 들었지. 하지만 시키는 대로 할 수밖에 없었어.

대문이 으리으리한 집이었지. 어둠에 잠겨 있었는데도 상당히 커다란 기와지붕의 이층집이란 건 알 수 있었어.

딩동.

반응은 예상보다 빨리 돌아왔어.

"네."

자고 있었던 게 분명한, 깊이 잠긴 남자의 목소리.

"택시인데요. 가족분을 태우고 여기까지 왔습니다만."

"요금을 내라는 거죠? 얼마인가요?"

너무 순조롭게 풀려서 맥이 빠졌지.

"고맙네." "고생했구먼." 두 할아버지는 이렇게 말한 뒤 택시에서 내렸어. "자네는 젊은데도 제법 괜찮은 운전기사군. 기회가 있으면 또 부르겠네." 그런 칭찬도 들었다니까. 얼마 안 있어 문이 열리더니 무뚝뚝한 중년 아저씨가 나왔어. 할아버지들은 아저씨한테는 말도 걸지 않은 채 문 안쪽으로 스르르 모습을 감췄지.

그렇게 몇만 엔이 넘는 돈을 벌었어. 나야말로 진심으로 고마운 일이었지. 기회가 있다면 꼭 다시 모시고 싶어.

명함을 건네줄 걸 그랬다고 생각할 정도였다니까.

친분이 있는 동종업계의 아오야기 씨에 따르면, 그도 같은 손님을 태운 적이 있대. 벌써 서너 해 전의 일인데 당시에는 할머니가 집 안에서 나왔다고 해. 할머니는 내가 만났던 아저씨와는 달리 부랴부랴 기쁜 듯이 문을 열고 나왔대. 그러더니 할아버지들이 막 나온 참인 뒷좌석 문을 향해 절을 하듯이 머리를 숙였지.

"돌아와 주셔서 감사합니다."

아오야기 씨가 멀뚱멀뚱 서 있었더니 할머니가 이유를 설명해줬대.

옛날부터 그 집의 정원에는 작은 사당이 있었어. 그러던 어느 날, 집을 개축하면서 사당을 헐기로 한 거야. 그랬더니 할머니, 그 당시에는 십 대 학생이었던 할머니의 꿈속에 두 사람, 맞다, 신이니까 두 영신이라고 해야 하나. 어쨌든 신들이 나타나서 말했어.

"우리가 사라진다면 이 집은 탈이 날 것이다. 그래도 사당을 헐어버리겠는가."

"그러나 진작부터 여행을 떠나고 싶기는 했지."

"사당을 헐 거라면 여행을 떠나겠다."

"그러나 가끔 돌아오지."

"그때는 잊지 말고 노잣돈을 내거라. 그러지 않으면 너희에게 탈이 날 것이다."

눈을 뜬 할머니는 부모님에게 이 사실을 말했어. 하지만 아버지는 그저 꿈일 뿐이라며 웃어넘겼고 역시나 사당은 허물어지고 말았대. 그랬더니 그날 이후부터 택시 기사가 찾아와서 요금을 청구하게 된 거야. 나랑 아오야기 씨처럼 말이야. 역시 사실이었다면서 부들부들 떨며 할머니의 어머니는 값을 치르기로 한 거야. 데릴사위를 얻어서 가계를 이은 할머니도 물론 똑같이 했어. 그런데 아들 대가 되어서 믿지 못하겠다는 말이 나온 거야. 악질 택시 기사가 그런 수작을 부려서 자기 집을 봉으로 여기고 있는 게 틀림없다고 주장하면서 어느 밤에는 문을 열어주지 않았대. 그 택시 기사는 울며 겨자 먹기로 단념했던지 경찰을 부르지는 않았어. 하지만 그날 이후 원인불명의 불이 나서 집이 전부 타버렸다나 봐.

그건 이십 년도 더 된 이야기래. 어쨌든 집은 다시 지었는데 아들의 아버지, 그러니까 할머니의 남편도 병이 나서 여러 차례 수술받은 끝에 돌아가셨지, 아들의 부인은 바람이 나서 이혼한 뒤 집을 나가버렸지, 아들의 아들은 비뚤어져서 폭력 사건을 일으키더니 아버지의 벤츠를 타고 돌

아다니다가 사고를 일으키질 않나. 참혹한 사건들이 이어
졌던 모양이야.

아오야기 씨가 할아버지들을 태웠을 때 신들은 여행을
마치고 다시 집으로 돌아오는 길이었어. 내게 요금을 치른
건 그 아들이었을지도 몰라. 역시나 아들도 웃어넘길 수
없게 된 거겠지.

"그 아파트 앞에서 내려줄래?"

H야마대로에서 한 길 안쪽으로 들어간 것뿐인데도 거
리가 한적하네. 아버지가 사신다는 아파트가 여기야?

"응, 6층에 사셔. 부모님은 이제 날 떠올려도 슬퍼하지
않아. 아련하고 따스했던 추억이 된 거겠지. 그걸로 충분
해. 슬픈 일이나 괴로운 일은 머지않아 희미해지기 마련이
니까. 하루하루 기억을 쌓으면서 과거를 덮어나가는 거야.
산다는 건 그런 거니까."

하지만 잊진 못할 거야.

"살아있는 사람한테는 잊어버리는 편이 좋을지도 몰라.
아프고 괴롭기만 한 기억을 품고 살아가는 건 자기 자신을
괴롭히는 일일 뿐이니까. 추억은 옅어지다가 결국 너그러
워지지. 그렇지 않으면 살아갈 수 없어."

난 널 잊지 않을 거야. 네 부모님과는 달라. 희미한 기억이 될 필요는 없어. 슬프지 않았으니까. 기뻤으니까.

"기무라, 정말 고마워."

그건 내가 할 말이야.

다도코로?

다도코로, 벌써 가버린 거야?

*

쥐 죽은 듯 고요한 아파트 입구에서 남자 한 사람이 달려 나왔다.

"택시가 있네. 마침 잘됐어."

손을 흔들며 운전석을 들여다본다.

"타도 돼요?"

마흔 정도려나. 낡아서 해진 티셔츠에 마 소재의 반바지. 그야말로 잠옷 차림이다. 이런 시간에 어딜 가려는 걸까.

"물론이죠."

난 뒷좌석의 문을 열었다. 남자는 기쁜 듯이 택시에 탔다.

"G동네까지 부탁해요."

"네."

내심 살짝 놀랐다. G동네라니. 다도코로를 태운 R공원 바로 옆이다. 또 되돌아가는 건가. 다도코로의 말대로 상당한 거리여서 감사하게도 짭짤한 벌이가 될 것이다.

"시간이 이렇다 보니 H야마대로까지 나가 택시를 잡아야겠다고 생각했어요. 이 주변은 뒷길이라 택시가 거의 안 다니거든요."

"다행입니다."

그렇게 말한 순간 입구에서 여자가 튀어나왔다.

"히이익!" 남자가 가냘픈 비명을 질렀다. "빨리 가요, 어서."

다급한 어조로 말하며 몸을 숙이는 남자.

"서둘러요."

여자가 주위를 두리번두리번 둘러보고 있었다. 눈을 크게 부라린 채 샅샅이 뒤지고 있다는 표현이 더 적절하려나. 살의로 가득한 눈빛.

뭔가 말썽이라도 있었던 모양이다. 그것도 상당히 난처

한 일 같은데.

"어서 가요."

나는 급히 택시를 출발시켰다.

"살았다."

안도의 숨을 내쉬며 남자가 말했다.

"기사님, 이 아파트까지 오는 손님이 있었나 봐요? 다
행이네요, 정말. 타이밍이 좋았어요."

어쩌면 다도코로가 마음을 써주어서 타이밍을 맞출
수 있었던 게 아닐까.

"손님을 태운 건 아니었어요."

H야마대로로 나가 우회전했다.

"친구를 데려다주고 오는 길이에요."

*

다도코로.

5학년 여름 때 넌 내 친구였어.

고짱과 오야마 말고는 반 친구 누구도 기억나지 않아.
깡통 차기 게임을 해봤자 아무도 날 찾아주지 않겠지. 자
시키와라시 같았던 나의, 친구.

고맙다는 말은 내가 해야 해.

친구가 되어줘서 고마워.

다도코로.

다시 만날 수 있겠지?

네코마타를 만났던 일이라든가 여자 유령을 태웠던 일이라든가. 유독 신기했던 이야기는 아직 들려주지 않았어.

듣고 싶을 때는 언제든지 내 택시를 불러줘, 다도코로.

제3장

오가와도 전통 과자점

해답은 전부 '어제'의 행동에 담겨 있었어.

'어제'와 전혀 다를 바 없는 오늘이라면, 그걸로 끝인 거야.

오늘도 저희 로터스 교통을 이용해주셔서 감사합니다. 운전기사 기무라입니다.

목적지까지 짧은 시간이나마 아무쪼록 편히 모시겠습니다.

1

실례합니다.

도시락 가게의 2층과 3층이 살림집이군요. 도로에 면한 매장 바로 위가 주방이고 조리실 위쪽이 거실이네요. 3층은 두 구역으로 나뉘어 있어서 아버님과 히나타 씨 각자의 방이 있다고요? 그렇군요. 네, 알겠어요. 폐점 시간이 될 때까지 거실에서 기다리고 있을게요. 화장실은 1층, 조리실 구석에 있군요. 네, 가고 싶어지면 빌릴게요.

계단은 좀 급경사네요. 조심하지 않으면 위험하겠는데요. 아버님을 위해 얼마 전에 난간을 다신 거구나. 잘하셨네요.

거실이요? 전혀 어수선하지 않은데요. 바닥에 잡동사니도 없고 깔끔하게 정리되어 있잖아요. 깨끗해요.

저쪽 소파에 앉아서 텔레비전으로 야구라도 보고 있을 게요. 그런데 오후 4시 반밖에 안 됐네. 어중간한 시간이야. 프로야구 중계는 아직 일러. 스모는 얼마 전에 마지막 시합이 끝난 직후라 안 할 테고.

정말 괜찮다니까요, 얌전히 기다릴게요. 정리라든가 내일 영업 준비도 하셔야 하잖아요. 신경 쓰지 말고 일하세요.

헤헤헤, 여자 친구 집에는 처음 들어와 보네.

여기 거실이랑 주방을 다 합치면 다다미 15장* 정도는 될 것 같아. 구석 쪽 창문으로 보이는 풍경이 그리 좋진 않군. 이 건물은 3층짜리인데 창문 바로 앞에 아파트가 있잖아. 어디 보자…… 하나, 둘, 셋, 넷, 다섯, 여섯, 총 7층짜리네. 볕이 거의 들지 않아서 한낮에도 집 안이 어둡다고 히나타 씨가 언젠가 푸념하긴 했는데 이 정도일 줄이야. 오, 그래도 아파트와의 사이에 안뜰이 있네. 폭은 2미터도 안 되겠군. 무성한 잎이 달린 길쭉한 나무도 있어. 여기 건물과 높이가 비슷해. 거슬거슬한 줄기에 얇고 자그마한 잎. 열매도 달렸어. 어디선가 본 적이 있는데. 맞다, 초등학교 옆에 있던 R공원에도 있었지. 다도코로가 이름을 가르

• 약 7.5평.

쳐줬는데. 뭐였더라. 나무 아래에 자그마한 사당 같은 것도 보이네. 신을 모시고 있는 건가. 하긴, 옛날부터 쭉 있었던 자그마한 신사는 빌딩 골짜기에 고스란히 남겨두기도 하니까. 아니면 건물 옥상으로 옮겨 짓거나. 여기도 그런 거겠지. 어떤 내력이 있는 신일까.

아무럼 어때. 일단 소파에 앉자. 딱히 보고 싶은 채널은 없지만 텔레비전이라도 켜놔야지.

오, 마침 드라마가 하네. 꽤 한물간 드라마잖아. 재방송인가.

어느 아파트의 방이네. 거실은 다다미 6장* 정도 될까 말까. 자그마한 크기의 베이지색 천 소파에 중년 남녀 둘이 앉아 있어. 집에서 한잔하는 것 같아. 테이블 위에는 참치회랑 닭튀김이랑 감자조림 팩이 놓여 있고. 슈퍼마켓 반찬코너에서 산 걸 그대로 늘어놓았나 봐. 접시에 옮겨 담지는 않았네. 우리 엄마랑 똑같잖아. 남자는 캔에 담긴 레몬 칵테일, 여자는 캔 맥주를 마시고 있어. 상당히 묘사가 생생한 드라마군.

남자는 빛바랜 붉은 티셔츠를 입었어. 티셔츠에는 가부

• 약 3평.

키 간판에나 쓸 법한 굵고 물결치는 서체로 커다랗게 아사쿠사라는 흰 글씨가 적혀 있고. 촌스러워. 관광객한테 판매하는 기념품 아닌가. 청바지는 중간 기장이야. 지저분한 정강이 털 같은 건 드러내지 않는 편이 좋을 텐데. 여자는 프렌치 슬리브의 하얀 블라우스에, 딱 봐도 허리가 고무줄밴드로 된 헐렁한 꽃무늬 치마 차림이야. 복장으로 봐서 계절은 여름인가 보네. 지금이랑 비슷한 시기 같은데. 실내복 차림이어서 편안하고 느긋한 분위기야. 하지만 두 사람다 따분해 보이고 의욕도 거의 없어 보여.

장르는 뭘까. 로맨스, 아니면 서스펜스인가.

남   녀석을 죽이자.

서스펜스 같군.

여   느닷없이 뭔 소리야.

남   장난인 줄 아나 본데. 난 진심이라고. 녀석을 죽이자. 농담 아냐.

여   도대체 그 녀석이 누군데?

남   누구긴 누구야. 우리 집 찹쌀떡이지.

여	마누라?

　잠깐 이 남자, 자기 부인을 찹쌀떡이라고 부르는 거야? 너무하네.

　그렇다면 이 여자는 부인이 아니라는 소리잖아. 그리고 여기는 여자, 즉 애인이 사는 곳이라는 거고. 불륜 때문에 부인을 살해하는 서스펜스 드라마인가.

남	각각 따로 살면서 만났다가 헤어지고. 한없이 되풀이되
	겠지. 이대로는 후미코와 같이 살 수 없잖아.
여	나도 알아. 그래도 마누라를 죽이는 건 좀 아니잖아?
남	그 여자가 죽기만 하면 길은 자연스레 열리겠지. 그렇다
	고 자연사하기를 기다려 봤자 아무 소용없어. 찹쌀떡은
	최근 몇 년 동안 감기조차 안 걸린 건강 체질이니까. 나
	랑 후미코 쪽이 먼저 죽을걸.

　두 사람 다 처음 보는 배우인데. 수수하다고 할까, 평범한 느낌이야. 흔한 아저씨랑 아줌마인데. 이 사람들 오십 대쯤이려나?

여   아니거든. 난 마흔다섯, 이이는 마흔여덟이라고.

오십 대나 마찬가지 아닌가.

여   전혀 다르지.

뭐 그야, 유치원생이나 초등학교 저학년 애들을 초등학교 고학년 애들이랑 비교하면 확실히 다르지만. 스무 살, 아니 서른을 넘기면 별 차이는 없을 것 같은데.

여   큰 차이는 없겠지만 같은 건 아니지. 명백하게 달라. 간
          단히 단정 짓지 말라고, 애송이.

죄송하네요, 누, 누님.

여   아줌마라고 부르려 했지?

그, 그럴 리가요. 오해예요. 누님.

여   누님이라는 호칭은 그만둬. 그런 식의 애매한 배려는 찜

찝하니까. 난 사이토 후미코라고 해. 이 남자 이름은 오
가와 게이타로.

사이토 씨랑 오가와 씨로군요. 알겠어요.

사이토 재연 드라마로 돌아갈게요.

휴우, 부탁드릴게요.

등장인물이 직접 자기소개를 하다니, 친절한 드라마
네. 그렇구나, 등장인물이 관객과 시청자에게 직접 말을 거
는 연출인가 봐. 그런 식의 미국영화를 본 적이 있어. 이 드
라마도 같은 형식인 것 같아.

그런데 재연 드라마라고? 그렇다면 실화를 바탕으로
했다는 소리인가?

오가와 난 이제 찹쌀떡도, 저런 눅눅한 가게에 얽매여 사는 것도
지긋지긋해.

사이토 그러면 마누라를 어떻게 하기보다 일단 자기가 집을 나
오는 건 어때?

오가와 그 찹쌀떡이 깨끗하게 이혼에 동의해줄 것 같지도 않지

만, 이제껏 견뎌온 나의 이십 년은 어쩌고? 그 세월에 상
응하는 대가를 제대로 받아내야 한다고.

사이토 대가? 위자료를 말하는 거야?

오가와 명목이야 뭐든 상관없어. 어쨌든 보상받을 거야. 돈도 받
고 자유로워지고 싶어. 뭔가 좋은 방법 없을까.

사이토 나보고 생각해내라고?

오가와 그 방면의 책은 잔뜩 읽고 있잖아?

거실 벽에 놓인 사이토 씨의 책장으로 화면이 바뀌었
어. 《쇼와시대 범죄사》, 《범죄의 민속학》, 《현대 살인 해
부》, 《살인 범죄 사례집》, 《살인백과》, 《잔혹범죄사》, 《메이
지 다이쇼시대 사건사》……

유리문이 달린 튼실한 나무 책장에 흉흉한 제목의 논
픽션 책들이 주르륵 꽂혀 있네.

이유가 뭘까. 사이토 씨는 왜 이런 연구를 하는 거지?

사이토 연구가 아냐. 단순한 취미라고.

그 취미라는 게 범죄와 살인인가요?

사이토 범죄를 다룬 다큐멘터리 논픽션 작품을 읽는 게 취미라
     는 거지.

  재미있나요?

사이토 굉장히 재밌어. 재연 드라마로 돌아가죠.

  잘 부탁드립니다.

오가와 나쁜 짓은 후미코 전문 분야니까. 고기 써는 큼지막한 식
     칼도 가지고 있고, 특기가 사체 처리잖아.
사이토 사체 처리라니, 남이 들으면 어쩌려고 그래. 아무리 내가
     정육점에서 일한다고 해도 해체하는 건 소나 돼지나 닭
     이야. 게다가 저런 책은 참고할 만한 것도 못 돼. 저기에
     적혀 있는 건 이미 탄로 나버린 범죄니까. 실패한 사례들
     뿐인 셈이지.
오가와 그럼 계획은 내가 세울게. 생각하는 역할은 내가 맡을 테
     니까 당신이 실행을 맡아.
사이토 참나, 나더러 손을 더럽히라는 거야? 어째서?
오가와 소든 돼지든 닭이든 고기를 다루는 건 나보다 훨씬 달인

이잖아? 더군다나 내 자유가 당신의 자유이고 내 행복이 당신의 행복이니까. 우리 둘의 바람은 하나야. 찹쌀떡이 죽는 것. 그렇지?

그건 아닌 것 같은데.

사이토   찹쌀떡이 죽으면 자기는 행복하고 나도 행복해진다. 그게 오가와의 결론이었어.

억지 결론이네.

사이토   이 이야기, 그날 밤엔 농담으로 치부한 채 끝냈어. 나도 설마 진심일까 싶었지. 지독한 농담이라고 생각했어.

오가와 씨는 진심이었나요?

사이토   백 퍼센트 진심이었어.

그래서 찹쌀떡 살인 계획을 세운 거예요?

사이토   그건 이야기 순서에 따라 천천히 알려줄 테니까. 애초에
        오가와 이 남자는 '오가와도'라는 전통 과자점의 데릴사
        위였어. 얽매여서 살고 있다는 식으로 말은 했지만 가게
        를 꾸려가며 일하는 건 부인이었지. 이 남자는 매일 빈둥
        빈둥 놀러 다니기만 했어.

    한심한 남자네.

사이토   맞아.

    그런 남자랑 왜 사귄 거예요?

사이토   처음에는 재밌다고 생각했어.

    흔히 있는 일이죠. 어디에서 알게 됐어요?

사이토   직장이던 슈퍼마켓에서. 저녁 무렵 근무를 마치고 매장
        에서 장을 보고 있었어. 주류코너에서 와인을 고르는데
        "와인을 잘 아세요? 어떤 게 맛있으려나. 추천하시는 거
        있나요?"라고 말을 걸어온 게 계기였지.

사이토 씨의 직장, 고급 식재료를 취급하는 슈퍼마켓이
었나요?

사이토　아냐. 서민적인 가격의 물건을 판매하는 지극히 평범한
　　　　곳이야.

슈퍼마켓 매장에서 소믈리에한테나 할 법한 조언을 구
하고 있길래요. 헛소리나 지껄여대는 인사라고밖에 느껴지
지 않는데요.

사이토　한 병에 천 엔 이하의 선반만 살피고 있었는데 말이야.
　　　　그래서 "네? 잘 몰라요"라며 딱 잘라버리고 여봐란듯이
　　　　가장 저렴한 한 되짜리 종이팩 와인을 카트에 담아서 재
　　　　빨리 그 자리를 떴어.

정말 잘하셨어요. 여자를 꼬드기려는 속셈이 훤히 들
여다보이잖아요.

사이토　그런데 그때부터 퇴근 후 주류코너에서 종종 맞닥뜨리
　　　　는 거야. 점심시간에는 정육코너 앞에서 딱 마주친 적도

있다니까. 이 매장에서 일한다는 게 들통나버렸어.

께름칙하네요. 스토커잖아요.

사이토   매장 손님이기도 했거든. 웃으며 말을 걸어오면 완전히 무시할 수도 없으니까 겉치레식으로 눈인사 정도는 하게 됐지. 그렇게 한두 마디씩 인사를 주고받다가, 어느 날 밤 "술 좋아하시죠? 지금부터 한잔하러 갈래요?"라는 꼬임에 그만 넘어가 버렸어.

빤한 수법에 보기 좋게 걸려들고 말았군요.

사이토   당시에도 여름이었어. 캔 맥주를 사서 집에 갈 생각이었는데 이 남자를 따라가면 생맥주를 큰 잔으로 벌컥벌컥 마실 수 있는 거잖아. 그런 유혹을 뿌리치기 힘들었어.

전 술을 안 마시니까 잘 이해가 안 가지만 술 좋아하는 사람들은 그럴 수도 있겠네요. 몇 살 때의 일이었나요?

사이토   마흔 살.

뭐라고요?

멋모를 때 깜빡 넘어간 게 아니잖아요. 불과 최근 일이
네요.

마흔이면 불혹이라고들 하잖아요. 유혹에 넘어갈 만한
나이는 아닐 텐데요. 점잖아질 나이 아닌가요? 정신 차리
셔야죠.

사이토　당신, 몇 살이야?

저요? 이번 달이 생일이라 곧 스물네 살이 되는데요.

사이토　한창 어려서 그렇군. 아저씨 아줌마가 되면 점잖아질 거
　　　　라 말하는 걸 보니.

아뇨, 꼭 그런 것도 아니에요. 직업이 택시 기사라서 철
없는 중노년층 남녀 손님을 자주 만나거든요. 저라는 타인
이 버젓이 있는데도 뒷좌석에서 노닥거리는 사람들을 보면
대개 중노년층 손님들이에요. 점잖기는커녕 다들 혈기 왕
성해요. 불이 붙었다니까요. 게다가 돌아가신 저희 할머니
는 할아버지 둘을 손바닥에서 주무르던 마성의 여자였죠.

사이토   그렇다면 중노년층이 얼마나 마음잡기 힘든 나이인지 충분히 이해할 수 있겠네. 나이는 먹었지, 주름이랑 기미랑 흰머리는 늘어나지, 뱃살은 처지고 등에는 군살이 붙었지, 엉덩이 살은 빠지고 볼과 턱은 늘어지지……

아니 뭐, 그렇게까지 자학하실 필요는 없잖아요.

사이토   신체는 점점 고물에 걸맞은 몸으로 변해 가도 마음은 쉽사리 성숙해지지 않는다고.

무슨 뜻인지 잘 알아요. 잠깐만 대화를 나눠 봐도 이 아저씨 제정신인가 싶을 때가 자주 있거든요. 태도도 말투도 떼를 쓰는 어린아이 못지않게 가관이죠. 무례한 걸 떠나서 아예 막무가내라니까요. 조금이라도 마음에 안 드는 구석이 있으면 다짜고짜 화를 내요. 나잇살이나 먹어서는 얼토당토않게 허세 부리는 꼴이라니. 정말 어른이 맞나 싶어요. 집에 돌아가면 부모 역할을 하긴 하나. 무슨 낯으로 자기 자식한테 예의를 가르치며 교육하는 건지. 의문이 들 정도예요.

사이토   철부지 어린애가 따로 없네.

철부지 어린애라. 기가 찰 만큼 한심한 아저씨 아줌마들은 다들 그렇게 표현할 수도 있겠네요. 이해하기 쉽게 말이죠.

사이토   그러니 집에 돌아가면 부인이 엄마 노릇을 해주는 거야. 여자들은 엄마 역할에 능숙하니까. 소꿉놀이 시절부터 말이야.

그런 거군요.

사이토   본인이 포기하고 받아들일 수 있다면, 뭐.

공부가 되는 드라마네요.

사이토   난 그런 게 싫어서 이혼해 버렸어.

사이토 씨, 이혼하신 적이 있군요.

사이토   다시는 결혼도 동거도 하지 않겠다고 다짐했지.

몇 살 때 한 번 다녀오셨군요?

사이토   서른한 살.

그 나이에 벌써 단념해버리는 건 아깝지 않나요. 아직
젊잖아요. 사이토 씨, 마흔다섯 살인 지금도 불가능하진
않아요. 흰머리는 많고 얼굴은 평범하고 주름도 도드라져
서 그 나이로 보이기는 하지만, 뒤룩뒤룩 살찐 것도 아니라
서 더는 여자로 안 보이는 정도까지는 아니에요. 다만 그
꽃무늬 고무줄 치마는 아줌마스럽… 아니 멋쟁이라고 하
기엔 좀 아쉽네요.

사이토   입에 발린 소리를 못 하는 정직한 청년이네.

죄송해요, 기분 상하셨나요? 하지만 칭찬한 거예요. 아마
오가와 씨 말고 접근해오는 남자가 더 있었을 것 같은데요.

사이토   접근해오는 놈이라곤, 그걸 하게 해준다면 기꺼이 응해

주겠다고 집적대는 피에 굶주린 각다귀 같은 인간들뿐이었지.

아뇨, 기온이 높아지면 물밑에서 솟아나 들러붙을 것 같은 그런 남자들 말고 사이토 씨를 진심으로 좋아해 줄 남자요.

사이토   없었어.

딱 잘라 말씀하시네요. 없었단 말이죠.

사이토   그래. 있을 리가 없지. 내가 먼저 좋아한 적도 상대가 먼저 좋아해 준 적도 없어. 연애란 건 그 정도로 여기저기 흔하게 널려있는 게 아냐.

그건 알죠. 제 과거도 참담했으니까요. 그런데요, 영화나 드라마 같은 허구 세계에서는 하나같이 연애를 예찬하고 거리를 걸으면 행복해 보이는 남녀뿐이잖아요. 세상에는 순조롭게 만나는 커플들이 많아 보이는데 저한테만 그런 인연이 전혀 없어요. 대체 이유가 뭔지.

사이토   결국 픽션이니까. 현실 세계에서 늘 연애가 가능한 부류
　　　　는 소수파일 뿐이야. 더구나 주변에 있는 그런 연애 귀족
　　　　들을 보면 딱히 화려하거나 예쁘지도 않아. 할리우드 스
　　　　타끼리라야 러브신도 아름다워 보이는 법이지.

　맞아요. 알콩달콩한 손님 중에 미남미녀 커플은 아예
없더라고요. 여자가 미인인데 남자는 괴물이거나 아니면
그 반대거나. 솔직히 괴물과 괴물 커플이 더 많지만요. 부
탁이니 과시하는 건 참아달라고 말하고 싶어지는 조합이
죠. 돌아가신 할머니랑 할아버지들의 삼각관계도 깊이 생
각하고 싶지는 않아요. 어디까지나 정신적인, 플라토닉한
관계였다고 믿고 싶어요.

사이토   그럴 리가 없을 텐데.

　역시 그럴까요. 생각하지 말아야지.
　하지만 적어도 할머니는 저보다 성공한 삶을 사셨죠.
소수파 같지는 않지만요.

사이토   줄줄이 매번 상대를 바꿔가며 연애할 수 있는 부류가 소

수파야. 나머지 대다수는 그게 불가능하니까 한 번의 연애, 즉 한 사람한테만 목을 매지.

아, 그렇군요. 무슨 뜻인지 알겠어요.

사이토　　그게 다툼의 원인이 되는 거야. 머리로는 알고 있는데……

오가와 씨를 좋아하게 됐군요.

사이토　　오가와도 각다귀 중 한 마리였지만.

에이, 왜 그러세요. 전 그렇게는 말 안 했는데요?

사이토　　속이 빤히 보이게 작업을 걸어오는 오가와랑 이제까지 만났던 각다귀들. 다를 게 뭐냐는 생각은 했겠지.

죄송해요. 부정은 못 하겠네요.

사이토　　사실 나로서도 수수께끼야. 감쪽같이 걸려들었으니까.

헤어진 전남편 때도 그랬어. 어쩌다 좋아하게 돼서 결혼했는데 결국 후회만 하다가 이혼했지. 누군가와 함께 생활한다는 게 나와는 맞지 않다는 걸 깨달은 뒤, 십 년 가까이 연애도 안 한 채 깨끗하고 반듯한 삶을 만끽해왔어. 불만은 없었는데. 적성에 안 맞는 연애라는 요괴한테 다시 홀린 거야.

요괴라고요?

사이토 그래, 요괴지. 이런 노랫말 들어본 적 없어? "집에 있는 궤짝에 아무리 가둬 봐도 연정이라는 놈이 자꾸 달려드네." 『만요슈万葉集』*에 나오잖아. 딱 그런 느낌이라니까.

『만요슈』라면 고전 말인가요? 제겐 자신 없는 과목이었어요. 『쓰레즈레구사』라면 조금 알아요. 그래봤자 네코마타 이야기뿐이지만요. 네코마타라면 비교적 잘 아는 편이죠. 『만요슈』는 좀 생소한데다 그런 노래도 처음 들었어

---

* 일본에서 가장 오래된 가집으로, 4,516수의 정형시가 수록되어 있음. 언급된 시는 16권에 실린 3,816수로 '호즈미 노미코'가 지었음.

요. 열쇠로 꼭 잠가서 가둬둔 녀석이 느닷없이 덤벼든다는 거죠? 정말 요괴 같군요. 무섭긴 하네요.

사이토 난 좋아할 상대가 필요했어. 그리고 상대도 날 좋아해 주길 원했지. 함께 있어 즐겁고 서로에게 다정다감한 시간이 내게는 절실했어. 상대의 인격이 어떻든 간에.

이해해요. 저도 그런 시간을 보내고 싶으니까요.

사이토 오가와는 여자라면 누구나 결혼하고 싶어 할 거라고 단정 지어 버렸어. 부인을 죽이고 싶다고 말하면 내가 두말 없이 찬성하리라 생각한 거겠지. 난 결혼은 하고 싶지 않았고 오가와랑 부부가 되고 싶은 욕심도 없었어. 가끔 만나 즐겁게 보내면서 서로에게 다정한 모습을 보여주는 것만으로도 좋았지. 그야, 만날 수 없는 시간이 길어지면 가슴에 답답한 응어리가 질 때도 있었지만 기분 전환하는 방법이야 있었으니까.

범죄 연구 말이죠?

사이토　독서를 좋아하는 인간은 혼자만의 시간이 꼭 필요해. 무
　　　　료함을 모르지.

　　불륜남이 좋아할 만한 취미와 생각을 가지고 계셨네
요. 오가와 씨, 상당히 운이 좋았네.

사이토　하지만 말은 그렇게 해도 나와 오가와를 이어주고 있었
　　　　던 건 요괴였어. 이 관계가 수십 년이나 이어졌다면 어땠
　　　　을까. 점점 나이가 들어 병이라도 걸리게 되면 나 역시
　　　　딴생각을 품었을지도 몰라. 오가와랑 혼인신고까지는
　　　　하지 않더라도 함께 살고 싶은 마음이 생겼을지도 모르
　　　　지. 그 부분은 뭐라 단정 지을 수가 없네. 그게 요괴의 무
　　　　서운 점이야.

　　오가와 씨와 동거하는 건 권하고 싶지 않네요. 부인을
죽이자는 말을 아무렇지 않게 해대는 남자잖아요.

사이토　그러니까. 부인을 죽이겠다니. 더군다나 그걸 나보고 하
　　　　라는 거잖아. 이 밤에 그런 이야기를 듣고 나니까 오가와
　　　　의 실체를 알겠더라니까.

한심한 남자였다는 말씀인가요?

사이토 자기밖에 모르는 위인이었어. 서로 알게 된 지 5년이나
        지났는데 이 남자는 일도 안 하고 매일 빈둥거리기만 해.
        초창기에는 집에 놀러 올 때마다 케이크나 와인 같은 걸
        선물로 들고 오거나 손수 음식을 만들어주기도 했는데
        이젠 아예 그런 노력조차 안 해. 한심한 인간이라는 건
        진작 알고 있었어.

    서비스 기간이 종료된 거네요. 그런데도 헤어지지 않으
셨고요.

사이토 한심한 남자여도 좋았어. 나 역시 그리 대단한 인간은
        아니니까.

    범죄 다큐멘터리 연구가 취미인 건 꽤 독특한데요.

사이토 그런 남자여도 상관없었어. 그런데 자기 자신은 끔찍하
        게 여기면서 나한텐 그러지도 않는 거야. 그게 보이니까
        도저히 견딜 수 없었어.

헤어지는 편이 나았어요. 헤어져야 한다고요. 그만 헤어지세요.

사이토　헤어지라는 레퍼토리, 친구한테도 같은 충고를 들었어.

친구의 충고를 들어야 했어요.

사이토　내겐 책이 친구야. 그것 말고는 친구가 없었지. 그 때문이었나 봐. 헤어질 수 없었어.

저도 친구는 별로 없어요. 단점투성이에 한심한 남자란 걸 알면서도 헤어지지 못한 건, 단순히 사랑 때문만은 아니었겠죠.

사이토　사랑이라는 놈은 타인과의 교제가 서툰 인간을 더욱 고립시키는 요물이기도 해. 전남편을 만나기 전엔 내게도 글자의 나열이 아닌 진짜 친구가 있었어. 전남편한테만 집중했더니 그 친구와도 인연이 끊어져 버렸지.

여자 친구가 생기면 관계가 소원해지는 녀석이 있긴 하

죠.

사이토   당신 말이야, 이 집에 사는 여자를 좋아하지?

히나타 씨요?

실은 아직 아무 사이도 아니에요. 여기 1층에서 그녀가 아버님과 운영하는 도시락 가게에 종종 도시락을 사러 왔다가 인연을 맺게 되었죠. 알게 된 지 1년이 넘었는데 영화를 보러 갔다가 밥을 먹고 헤어지는 건전한 데이트만 딱 두 번 했어요. 이렇게 집에 들어오라고 한 건 처음이에요. 오늘이 세 번째 데이트인데, 아버님이 친구분과 외출하셨다가 늦어질 것 같다고 하셔서 밥만 같이 먹기로 약속한 것뿐이에요. 아마 건전한 일 이상은 일어나지 않을 거예요. 아직 서로가 서먹서먹하게 존댓말 하는 사이거든요. 물론 단번에 깊고 진한 사이가 되고 싶은 마음이 없진 않지만, 너무 안달하다가 오히려 미움받을까 두려워요.

사이토   미움받는 게 두렵다······ 당신도 얼추 사랑이라는 요괴
          한테 옴짝달싹 못 하게 된 모양이네.

아직은 그런 사이일 뿐인데, 일전에 친구를 만났을 때는 이미 사귀는 것처럼 말해버렸어요.

사이토   허풍을 쳤군.

완전 호들갑을 떨었죠. 이러다 전혀 진전이 없으면 어쩐다…….

사이토   재연 드라마 쪽도 슬슬 진전시켜야겠네요.

네, 부탁드려요.

사이토   난 히사요 씨를 만나러 갔어.

히사요 씨요?

사이토   오가와의 부인이야.

2

철근 콘크리트 구조의 자그마한 건물 1층.

'오가와도'라고 적힌 낡은 나무 간판이 처마 끝에 걸려
있다.

입구는 유리문. 안쪽을 향해 기다랗게 뻗은 구조로, 왼
쪽 벽을 따라 진열대가 있고 가게 중앙에 커다란 쇼케이스
가 놓여 있다. 진녹색 포렴 맞은편이 제조실인 모양이다.

쇼케이스 안에는 간장 맛 경단, 미타라시당고*, 팥 경
단, 도라야키**, 납작 콩떡이 진열되어 있었다. 그게 다였
다. 다양한 종류를 취급하는 가게는 아닌 듯했다.

- 꼬치에 경단을 꽂아 구워서 달고 짭조름한 맛이 나는 소스를 바른 것.
- 물에 갠 밀가루 반죽을 둥글납작하게 두 장 구워내 그 사이에 팥소를 넣은 전
통 과자.

키가 큰 할아버지 한 명이 유리문을 열고 가게 안으로 들어간다. 중절모를 쓰고 남색 벨벳 재킷을 걸친 할아버지. 계절은 가을일까. 추워 보이지는 않으니 겨울은 아닌 것 같다.

그때 포렴을 가르고 중년여성이 나왔다.

히사요　　어서 오세요.

이 사람이 살해당할 위험에 처한 부인, 히사요 씨인가. 역시 마흔 중반쯤 됐을까. 소매 달린 하얀 앞치마로 둥글고 포동포동한 몸을 감쌌고 눈도 코도 입도 둥근 느낌이다.

찹쌀떡. 알 것 같네. 닮은 면이 없는 것도 아니랄까.

손님　　미타라시당고랑 팥 경단 두 개씩 줘요. 팥은 통팥으로.

히사요　　네, 손님. 그런데 저희 가게는 으깬 팥이 맛있답니다.

손님　　난 통팥을 좋아해. 일전에 찹쌀떡과 쑥떡을 샀는데 오늘은 없군.

히사요　　쑥떡은 봄 한정이라서요. 찹쌀떡은 다음 주나 돼야 나와요. 이번 주 메인은 콩떡이랍니다.

손님   춘분에는 모란떡˙을 샀는데 오늘은 없네. 그것도 계절 한 정인가? 오가와도는 자네 대가 되더니 종류가 확 줄었어.

히사요   옛날부터 일해 온 장인도 그만둬버렸고 남편도 전혀 도와주지 않아서요. 여자의 가냘픈 팔로 어떻게든 혼자 해나가고 있으니 그 점은 양해해주세요.

가냘픈 팔이라고 할 정도로 연약해 보이지는 않는데. 오가와 씨의 팔이 훨씬 얇아 보여.

손님   그런 노력은 높이 사네만. 찹쌀떡의 팥소 말인데, 짰다고.

히사요   소금이 너무 들어갔나 보네. 아직도 실수한다니까요. 전통팥보다 으깬 팥을 더 좋아해서 그쪽은 실패할 일이 없거든요. 짠 게 싫으시면 으깬 팥을 사세요.

너무하네, 이 전통 과자점.

손님   이건 뭐, 지독한 가게구먼.

˙   맵쌀과 찹쌀을 섞어 찐 뒤 팥앙금에 버무린 떡.

히사요   아하하하.

웃음소리 한번 쩌렁쩌렁하네.

히사요 씨, 너무 호쾌한데. 호락호락 살해당할 것 같은
분위기는 아냐.

손님   오가와도는 아버님 대에 만들었던 오야키•가 맛있었지.

히사요   저도 좋아했답니다. 팔다 남은 걸 늘 먹었더니 질려버렸
           지만요.

손님   무청절임이랑 무말랭이절임이 단골 상품이었지만 특별
           히 설날 전에는 고기가 들어간 오야키를 팔았잖나. 그게
           참 맛있었어.

히사요   다진 고기가 들어가는, 단맛 나는 그거 말이죠? 저도 가
           장 좋아했답니다. 아버지만의 비법이었죠. 고향이 나가
           노현이었으니 오야키에는 애착이 있으셨죠.

손님   다시 만들지 그래? 특히 고기가 들어간 걸로 말이야. 고
           기 찐빵과는 달리 피가 쫀득쫀득하고 얇아서 얼마든지

•   밀가루 반죽으로 피를 만들어 채소, 과일, 팥 등을 넣고 싸서 굽거나 찐 나가
        노현 향토 음식.

먹을 수 있었지. 또 만들어 봐.

히사요   만드는 법을 전수 받긴 했는데 아버지의 맛을 흉내 낼 자
신이 없어서요.

손님   부탁한다니까? 자네라면 할 수 있어. 그 가냘픈 팔로 충
분히 솜씨를 발휘해 보라고.

히사요   노력해볼게요. 아하하하. 안녕히 가세요.

    고기가 들어간 오야키, 맛있을 것 같네.

    오야키라는 건 먹어본 적이 없는데. 나중에 검색해봐
야지. 어떤 걸까.

손님   모르는 모양이군, 젊은이. 밀가루 피로 나물이나 팥을
감싼 만두 같은 거라네.

    가게를 나서기 전에 일부러 가르쳐 주시다니.

    고맙습니다, 손님. 친절한 드라마야.

손님   고맙긴.

    좋은 분이시네요. 저도 할아버지처럼 멋지게 늙고 싶어

요.

할아버지가 나가자 또 다른 손님이 들어왔어.

히사요   어서 오세요.

누군가 했더니 검정 셔츠에 검은 타이트스커트를 입은
사이토 씨잖아. 검은색투성이의 사이토 씨가 찹쌀떡 같은
히사요 씨 가게에 강림하셨군. 드디어 아수라장이 펼쳐지
는 건가.

사이토   강림이라니, 마치 내가 악마라도 되는 것 같잖아. 걱정이
         랄까, 불안해져서 가만히 있을 수가 있어야지. 그날 이후
         오가와는 만날 때마다 부인의 살인을 모의해. 매번 흘려
         듣고는 있지만 불순한 감정이 가슴 속에 쌓이는 기분이
         었어. 그래서 여름이 끝날 무렵 일찍 출근한 날 퇴근길에
         가게로 와봤어. K동네 3번가에 있는 오가와도라는 전통
         과자점이라고 했으니까 장소는 바로 찾을 수 있었지.

K동네 3번가?
히나타 씨 가게랑 주소가 같은데. 그럼 여기잖아.

그러고 보니 오가와도의 외관이랑 이 건물이랑 닮았네. 아니, 완전 똑같잖아. 설마 촬영지가 여긴가? 가게 외부나 내부 인테리어가 전혀 다르긴 한데.

엄청난 우연도 있는 법이니까.

사이토　역시나 처음 간 날에는 입도 벙끗 못 한 채 경단만 사서 돌아왔어. 일찍 출근하는 날이면 그런 식으로 두 번, 세 번, 네 번 계속 드나들었지.

꽤 열심히 다니셨네요.

사이토　의외로 간장 맛 경단이 맛있었거든. 알맞게 구워진 냄새 라든가 경단의 쫀득쫀득한 정도라든가 간장의 짠맛까지 절묘했어. 푹 빠져버렸다니까. 히사요 씨, 솜씨가 좋던걸.

다행이네요. 아, 그게 아니지. 뭐 하시는 거예요. 그런 말을 할 때가 아니잖아요. 헌팅 당했을 때는 생맥주 때문에 넘어갔다더니, 사이토 씨는 먹는 유혹에 넘어가기 쉬운 타입이었군요.

사이토   맞아, 쉽사리 휩쓸리지. 정말 그럴 때가 아닌데. 대여섯
번 연이어 드나들었어. 그러다 히사요 씨가 내 얼굴을 기
억하기 딱 한 달 전 저녁이었지. 평소처럼 오가와도에 갔
더니 셔터가 내려진 채 전단 하나가 붙어 있었어.

〔점주, 부상으로 인해 잠시 휴업합니다〕

점주라면 히사요 씨네요. 무슨 일이 생긴 거죠?

사이토   그 뒤 오가와를 만났을 때 물어봤어. 우연히 가게 앞을
지나다가 전단을 봤다고. 마누라가 다친 것 같던데 어떻
게 된 거냐고. 오가와가 그랬어. 너무 살이 쪄서 계단에
서 발을 헛디뎠다고. 그러면서 웃더군.

오가와 씨가 무슨 짓을 한 건 아니었군요. 일단 안심이
네요.

사이토   안심할 수 없었어. 곧이어 이렇게 말했거든. "아래쪽 계
단에서 굴러서 타박상뿐이더군. 뼈에 금도 안 갔다니까.
좀 더 위쪽에서 발을 헛디뎠더라면 좋았을 텐데. 그럴싸

하게 머리라도 부딪혀줬으면 죽었을지도 모르잖아. 미끄러지기 쉽게 왁스를 발라놓는 게 좋을 것 같아."

농담이 아니라고요?

사이토 진지한 얼굴로 말했어. 게다가 오가와는 식물 책까지 사 왔어. 독성이 있는 식물만을 소개한 도감 같은 책. 그걸 팔랑팔랑 넘기면서 은행을 너무 많이 먹어도 죽는 경우가 있다며 감탄하더라니까. 부인이 은행을 좋아하니까 늦가을에 선물로 잔뜩 갖다 줘야겠다고 했어. 오가와도 근처에 은행나무가 있는데 철마다 은행이 잔뜩 떨어진다나 봐.

맞아요. K동네 3번가 언덕 위에요. D대학 캠퍼스가 있는데 그 옆길에 있죠.

사이토 진심으로 겁이 났어.

그래서 다시 부인을 만나러 온 거군요.
만나서 어쩌시려고요?

사이토 　재연 드라마로 돌아갈게요.

　네, 네, 어서 부탁해요.

사이토 　간장 맛 경단 다섯 개 주세요.

　역시 경단을 사시는군요. 검은색 복장과 새하얀 앞치마의 대결인 건가. 그나저나 사이토 씨나 부인이나 두 분 모두 수수하시네요. 무대는 오래된 동네의 전통 과자점이고 소도구는 경단이라니. 삼각관계의 아수라장 같은 느낌은 전혀 나지 않아요.

사이토 　시끄러워.
히사요 　입 다물어.

　네, 그럴게요. 죄송합니다.

히사요 　손님은 간장 맛 경단을 좋아하시나 봐요.
사이토 　이 가게 경단이 무척 맛있어서요.
히사요 　감사하네요. 자화자찬이긴 하지만, 경단은 늘 맛있게 구워드린답니다. 종종 팥소의 간이 안 맞을 때도 있는데 대부분 남편이랑 말싸움한 뒤에 만든 거죠. 가게 일은 도와주지도 않고 놀러만 다니는 주제에 사사건건 깐족거리며 생트집을 잡는다니까요. 그러니 간이 짜질 수밖에요. 뭐, 우리 상품이 맛없다면 남편이 구제 불능이라 그런 거라고 이해해주세요.

사이토   아주머니.

히사요   아무래도 이해하기 힘드시겠죠. 하하하하. 그럴 수밖에요. 손님과는 상관없는 이야기니까요.

사이토   남편분과 헤어지시는 게 좋아요.

으아 사이토 씨, 느닷없이 그런 말을 꺼내시는 거예요?

친숙해진 손님한테 그런 말을 들으면 부인이 굉장히 동요할 텐데요.

히사요   맞는 말씀이에요.

히사요 씨, 꿈쩍도 안 하시네.

사이토   남편분이 아주머니한테 끔찍한 짓을 벌이려 해요.

히사요 그렇겠죠. 저도 무슨 일이든 실패할 때면 그 인간 탓을 하니까요. 그 인간 얼굴만 보면 미간에 선명하게 세로 주름 세 줄이 생기고 목소릴 들으면 짜증이 일기 시작하죠. 빨리 나가버려, 돌아오지 마. 매일 그런 생각을 한다니까요. 끔찍한 일이죠. 남편도 저랑 헤어지고 싶어서 몸이 근질근질할 거예요. 피차일반이랄까요, 으하하하.

또 웃고 있잖아. 히사요 씨는 멘탈이 강한 것 같네.

히사요 그런데도 남편은 꼬박꼬박 집에 돌아와요. 알아요. 남편이 이혼을 안 하는 건 제가 오가와도의 주인이기 때문이라는 걸요. 매상은 아슬아슬하게 적자에 가까운 데다 낡아빠진 자그마한 가게이긴 해도 상업지로는 일등지니까요. 팔기만 하면 목돈을 받을 수 있겠죠. 그나저나 손님은 우리 남편의 애인인가요?

사이토 네.

눈치챈 거야?
여자의 감이라는 건가요?

히사요 이봐, 그야 당연히 알 수밖에 없잖아? 별 볼 일 없는 인간
이니까 헤어지라고 일부러 말하러 온 여자라고. 본인은
들키지 않았다고 생각하겠지만, 남편이 바람을 피운 건
한두 번이 아니니까. 보나 마나 그런 상대일 거라고 생각
하는 건 당연한 이치지. 여자의 감이 아니라 귀납적 추리
랄까. 성별은 무관해. 여자의 감 같은 구닥다리 상투어로
아는 척하려는, 자기 자신의 무지와 무례를 알길 바라.

명심하겠습니다. 틀에 박힌 발상이었네요. 사고가 정지
됐었나 봐요. 죄송합니다.

히사요 당신, 우리 남편이 그렇게 좋아요? 그 남자랑 함께 살고
싶으니까 나랑 헤어지길 바란다는 뜻인가?

사이토 좋아하는 줄 알았는데 이젠 잘 모르겠어요. 그래서 이
런 이야기를 하러 온 거예요. 아주머니한테 헤어지라고
말하는 건 도리가 아니죠. 헤어져야 할 당사자는 저라는
건 잘 알고 있어요.

히사요 냉정하네. 당신, 머리가 좋은 것 같네요. 그 남자한테는
아까워.

사이토 헤어질 거라면 그 전에 아주머니한테 알려드려야 할 말

이 있어요. 그래서 온 거예요.

히사요   뭔데요?

사이토   오가와 씨는 아주머니가 죽길 바라고 있어요.

히사요   그렇겠죠.

끝까지 꿈쩍도 하지 않는 강철의 히사요 씨.

히사요   싸울 때마다 그 인간 스스로도 말하니까요. "찌부러진
        찹쌀떡아, 빨리 죽어버려라" "뒤룩뒤룩 살이나 왕창 쪄
        서 뒤져버려, 이 돼지기름 귀신아"라고요.

너무하네. 그런 말까지 하다니.

히사요   그 인간한테 돈이 있다면 살인 청부업자를 고용한대도
        이상하지 않아요.

사이토   오가와 씨는 가능한 한 본인 손으로는 아무것도 안 하려
        고 해요.

히사요   날 죽이고는 싶은데 손은 더럽히고 싶지 않다? 돈뿐만
        아니라 배짱도 없네. 뭐, 알고는 있었지만.

사이토   살인 청부업자는 고용하지 않을 거예요. 대신 저한테 아

주머니를 죽이라고 시킬 생각이에요.

헉, 말해 버렸네.

히사요   당신, 이름이 뭐죠?

사이토   사이토예요. 사이토 후미코.

히사요   후미코 씨, 날 죽이고 싶어요?

사이토   전혀요.

히사요   그럼 일단 문제는 없겠네요. 그 인간은 자기 손을 더럽힐
              배짱이 없을 테니까. 이대로 아무 일도 없었던 것처럼 살
              아가면 그만이에요.

사이토   아주머니는 그 사람과 헤어질 생각이 없는 건가요?

히사요   귀찮아서요.

에엣, 그게 뭐야. 고작 그런 이유라고?

이해가 안 되네. 자신에게 살의를 품고 있는 위험한 남
자잖아요? 헤어지는 편이 나을 텐데요. 사이토 씨와 달리
히사요 씨한테는 사랑이라는 요괴가 달려들진 않았잖아
요?

히사요   왜 단정 짓는 거지?

　죄송합니다. 또 실수했네요. 저의 무지와 무례를 반성합니다.

사이토   이제 아주머니한테 해야 할 말은 다 전했으니 전 헤어질게요. 오가와 씨는 절 이용할 생각뿐이거든요.

히사요   그것도 살인을 말이죠. 최악의 남자네.

사이토   형편없는 남자예요.

히사요   당신은 헤어질 수 있고 또 그러는 편이 좋아요. 그 인간, 도망간 여자한테 끈질기게 들러붙는 타입도 아니니까.

사이토   꼴사납게 쫓아오거나 하진 않겠죠. 그런 자존심은 높은 남자예요.

히사요   자존심이라기보다 유치한 우월감이겠지. 조금이라도 자신의 가치가 떨어지거나 상처를 입었다고 느끼면 그냥 못 본 척하는 거예요.

사이토   아무 일도 없었던 것처럼 다음 여자를 찾을 거예요. 앗.

히사요   앗.

　앗.

히사요   다음 여자는 날 죽이러 올지도 모르겠네.

사이토   그러게요.

　하, 하지만 괜찮지 않을까요?

　오가와 씨가 그렇게 멋진 아저씨도 아니잖아요. 목둘레가 구겨진 아사쿠사 티셔츠 차림에 다리털이 지저분한 아저씨니까요. 돈도 없고요. 줄줄이 여자를 사귈 수 있을 리가 없죠.

히사요   하지만 그 인간, 이제껏 꽤 여자를 만나온 전적이 있으니까. 뭐, 대부분 금세 끝나버렸지만.

사이토   본인 말에 따르면 대부분 술집 여자였대요. 상대한테도 가벼운 안줏거리에 불과한 놀이였을지도 모르죠.

히사요   잘생기지도 않았고 돈도 없잖아요. 사귀어봤자 아무런 이익도 없으니 일찌감치 버림받는 거예요. 그런 주제에 질리지도 않는지 툭하면 여자한테 집적댄다니까.

사이토   저도 당했어요.

히사요   후미코 씨는 사람이 착실해서 비교적 길게 관계를 이어간 거겠죠. 잘생기지도 않았고 돈도 없고. 만나봤자 아무런 이득도 없는데 좋아해 준 거잖아요.

사이토 저도 오가와 씨한테 불평할 처지는 아니에요. 젊은 나이
       도 아니고 미인도 아니고 몸매가 좋은 것도 아니고 돈 많
       은 부인도 아니고. 착실한 건 맞지만요. 일단 좋아하게
       되면 아무래도 괜찮다고 생각해버리거든요.

    결국 얼굴이나 몸매나 나이 같은 건 완전히 무관하진
않더라도 결정적인 조건은 아니라는 거네요. 마지막에 승
리를 거머쥐는 건, 부지런히 기회를 엿보다가 결정적 순간
에 구애하는 쪽인 건가.

사이토 여자든 남자든 똑같아.
히사요 젊든 중년이든 노년이든 다를 바가 없지.
사이토 인간 대부분은 소극적이고 소심하니까요.
히사요 머뭇대는 사이에 기회를 놓쳐버리지.
사이토 상대방이 다가와 줄 거라 기대하면서 정작 자기 진심은
       전하지 못하죠.
히사요 어설프게 나섰다가 창피를 당하긴 싫으니까. 상처 입고
       싶지도 않을뿐더러 스스로를 보호하려는 의식이 더 강
       해서 그래요. 그러다 정신을 차려보면 좋아하는 애는 어
       느새 행동이 재빠른 이상한 녀석에게 빼앗긴 뒤죠.

사이토   당신도 그랬잖아?

응? 저요?

히사요   짚이는 데가 있을 텐데.

당연히 있죠.

아픈 곳을 찌르시네요, 두 분.

확실히 저도 그런 경험이 있었어요.

고등학교 3학년 때 거의 사귈락 말락 하는 사이였던 와타나베라는 여자애. 아니, 진심으로 사귈 마음이 있었는데 정신을 차려 보니 이미 이토하라라는 다른 남자애와 사이가 좋아져 버린 뒤였어요. 썸 타던 시기가 하필이면 수험 기간이어서 데이트 시간을 좀처럼 낼 수 없었거든요. 운이 나빴는지, 만날 약속을 한 날 독감에 걸려버린 거예요. 그다음 약속 때는 큰아버지가 돌아가셔서 장례식에 가야 했죠. 바쁜 겨울이었어요. 학교에서 매일 얼굴을 보긴 했지만 단둘이 만날 기회가 좀처럼 생기지 않는 나날이 이어졌죠.

사이토   연락은 안 했어?

전 문자나 메일이나 전화 같은 게 익숙하지 않아서요. 무슨 말을 해야 할지 잘 모르겠더라고요. 직접 만나면 술술 말할 수 있는데. 그게 잘못이었던 걸까요?

히사요   당연하지.
사이토   좋을 리가 없잖아.

한편 그 애랑 그 녀석은 매일같이 문자를 주고받는 사이가 되어 있었어요.

사이토   그럴 줄 알았어.
히사요   당신과 만날 수 없어서 쓸쓸하다는 상담이 문자의 계기였겠지.

어떻게 아셨어요?

히사요   과거의 많은 데이터로부터 도출된 귀납적 추리지. 있을 법한 결과야.

좋아한다는 고백은 와타나베가 먼저 했는데.

히사요   좋아하는 감정은 견고한 게 아냐. 곧 흔들리기 마련이
         지.

사이토   나이가 많든 적든 그건 똑같아.

    설날에 가족끼리 온천여행을 다녀왔다며 그 애가 선물
도 줬는걸요. 온천 쿠키였죠. 수험 합격을 기원하는 부적
도 일부러 Y신사까지 가서 사다 주더라고요. 밸런타인데
이에는 초콜릿도 받았고요. 무슨 일이 있을 때마다 선물을
받았어요. 견고할 거라고 생각할 수밖에 없잖아요.

히사요   선물이나 답례품을 주는 건 확실히 당신한테 호의를 갖
         고 있다는 하나의 기준이 되긴 하지. 좋아하는 마음을
         아무리 물건으로 대신 표현한다 한들, 상대가 자신의 존
         재를 소홀히 여기는 기분이 든다면 당연히 마음이 식기
         마련이야.

    소홀히 한 적은 없어요. 제 나름대로 좋아했다고요. 화
이트데이에는 와타나베가 먹고 싶다던 유명한 가게의 초콜

릿케이크를 샀어요. 자허토르테*라는 케이크 있잖아요. 삼천 엔도 넘는 가격이었다고요.

사이토　기뻐해?

안 받아주던데요. 따로 좋아하는 남자가 생겼으니 필요 없다면서 그 자리에서 단번에 차였죠. 저에 관한 고민을 이토하라한테 상담하다가 내겐 없는 그의 다정함과 배려에 끌렸다고 하더라고요.

히사요　그런 공물 따위를 받아줄 리가 없잖아. 싫어졌다는 확실한 의사표시네.
사이토　자허토르테는 어떻게 했어?

억지로라도 그 애한테 쥐여 주면서 이토하라랑 같이 먹으라고 쏘아붙일 작정이었는데요, 너무 어이가 없어서 머리는 안 돌아가고 말도 안 나오더라고요. 망연자실한 채 제가 먹었어요.

●　　오스트리아 디저트. 시트 사이에 살구잼을 발라 초콜릿을 입혀 만든 케이크.

히사요   눈물 맛이었겠네.

초콜릿이 진해서 맛있던데요. 소홀히 할 생각 같은 건 전혀 없었는데.

사이토   연락을 안 했잖아. 문자를 주고받는 게 익숙지 않아서 그랬다는 건 완전히 자기 입장일 뿐이지. 여자 친구가 알 턱이 있나. 그런 걸 소홀하다고 하는 거야.

학교에서 만나면 웃으면서 말도 걸어주던걸요.

히사요   그야 미소는 지어낼 수 있으니까. 좋아하는 남자한테는 얼마든지 좋은 표정을 보일 수 있지. 그렇다고 해서 이 여자는 내게 반했으니 괜찮다는 식으로 우쭐하는 모습을 보이면 점점 웃는 게 힘들어지는 거지.

사이토   부정적 감정의 수치가 서서히 상승하면서 상대의 어떤 면을 좋아했는지 도통 알 수 없게 되는 거야. 그 뒤에 짓는 미소는 평소대로 보이게 하려는 가면일 뿐이지.

세상에. 와타나베의 그 미소가 가면이었다는 말씀이세

요?

히사요   미움받는 남자는 끝까지 이해하지 못해. 어제랑 똑같은
        데 왜 그러는지 모르겠다는 식이지. 그 '어제'까지가 문
        제인 거야. 해답은 전부 '어제'까지의 행동에 담겨 있었
        어. '어제'까지와 전혀 다를 바 없는 오늘이라면, 그걸로
        끝인 거야.

사이토   부정적 감정의 수치가 한계치를 넘은 거지. 게임 끝이라고.

    그렇구나. 그런 거였어.
    당시에 알았다면 와타나베한테 미움 받지 않았을지도
모르는데.

히사요   새삼스레 뭘. 앞으로 신경 쓰면 되잖아. 익숙하지 않다느
        니 그런 말은 하지 말고 히나타한테는 부지런히 연락하
        라고.

    네.

사이토   얼마 전에 만났을 때는 좋아한다고 말해줬어. 날 보고 웃

어줬지. 선물도 받았어. 그러니 괜찮다는 식으로 우습게

여기지 말 것. 함부로 대하면 상대는 금방 알아차린다고.

그러면 부정적 감정의 수치가 올라가기 시작하는 거야.

네.

거듭 명심할게요.

히사요   공부가 되는 드라마지?

네.

사이토   재연 드라마로 돌아갈게요.

네, 계속해서 잘 부탁드립니다.

3

장면은 다시 사이토 씨의 방으로 바뀌었다.

따뜻해 보이는 갈색 플리스 재킷과 청바지 차림의 오가와 씨. 소파에 등을 기대고 책을 읽는 중이야. 재킷에는 로마자로 ASAKUSA라고 적혀 있어. 우와, 또야? 어지간히 아사쿠사를 좋아하나 보네, 오가와 씨.

겨울 사양인 듯 오렌지색 울 커버가 씌워진 소파. 오래된 코바늘 뜨개질의 보풀투성이 커버. 우리 집 같네. 사이토 씨, 우리 엄마랑 취향이 비슷해.

복슬복슬 하얀 니트 원피스를 입은 사이토 씨는 식탁에 자리 잡고 앉아 노트북 컴퓨터의 키보드를 탁탁 두드리고 있어. 업무 서류라도 만드는 걸까. 정육점에도 필요한 서류는 있을 테니까.

겨울이 되었네. 두 사람은 헤어지지 않았어.

오가와　독이 안 드는 녀석한텐 아무 소용이 없나 봐.

사이토　또 그런 책을 읽고 있어? 그만 포기하는 게 어때?

오가와　두 시간 동안 은행을 주워 왔다고. 커다란 비닐봉지에 빵
　　　　빵하게 담아가서 프라이팬에 정성스레 볶아 줬는데. 찹
　　　　쌀떡 녀석, 더 팔팔해진 거야.

사이토　오히려 건강해진 거 아냐? 은행이 몸보신에 좋잖아.

오가와　감자의 싹도 효과가 없더군. 독이 있다길래 상자째 사놓
　　　　고 싹을 틔워서 매일 감자요리를 해줬는데 말이야.

사이토　뭘 만들었는데?

오가와　메뉴가 뭐였냐면 뭉근하게 푹 끓인 감자수프, 생크림이
　　　　들어간 메시드 포테이토, 바삭하게 구운 베이크 포테이
　　　　토, 치즈를 듬뿍 올린 그라탕.

사이토　맛있겠네. 마누라가 부러운걸.

오가와　부러울 게 따로 있지. 독이 있는 싹을 잔뜩 섞었다니까.
　　　　그런데도 토하기는커녕 더욱 포동포동 살쪘어.

사이토　생크림이랑 치즈를 듬뿍 사용한 감자요리니 당연히 살
　　　　찌지.

오가와　찹쌀떡이 다 먹어 치우게 하려고 연구했지. 그런데 독은

별 효과도 없더군.

사이토 가열하면 비타민C처럼 독소가 파괴되는 거 아냐? 아무
래도 독살은 힘들 것 같은데. 선물에 손수 만든 요리까
지. 상당히 잘 지내잖아. 나한테도 그렇게 해줬으면 좋
겠네.

오가와 역시 주목*을 써야겠어.

사이토 내 의견이나 희망 사항은 귓등으로도 안 듣네.

오가와 우리 집 뒤에 자라고 있는 게 주목인데 이파리에 맹독이
있어.

주목. 맞다. 기억났어.

아까 봤는데, 이 건물과 아파트 사이에 있던 나무 이름
이 주목인가 보네. 옛날에 R공원에서 다도코로가 확실히
그렇게 말했어.

독이 있었구나. 처음 알았네.

오가와 주목 잎을 찹쌀떡한테 먹여봐야겠어. 원래 식용은 아닌
데. 어떻게 요리해야 하나. 옳지, 잘게 다져서 볕에 말린

---

* 상록 침엽수로 관상용으로 많이 심음.

뒤 녹차랑 섞으면 되겠군.

사이토 　독이 안 드는 사람한텐 아무 소용없다고 우는소리를 한 지 얼마나 됐다고. 자기 마누라는 라스푸틴처럼 독이 안 드는 체질일지도 몰라. 그만둬.

오가와 　그럴 순 없지. 애초에 도와줄 생각도 안 하고 너무하잖 아. 후미코가 처리해주기만 하면 내가 이런 수고를 할 필 요도 없는데.

　　오가와 씨, 화가 난 듯한 표정으로 사이토 씨 탓을 하 네. 그건 아니죠.

사이토 　자기 계획이라는 거 엉성하기 짝이 없잖아. 가게를 지키 고 있는 마누라를 덮쳐서 강도로 위장하자고 하질 않나, 장을 보고 돌아오는 길을 노려서 차로 들이받자고 하질 않나. 그런 짓을 했다간 금세 붙잡힐 거라고.

오가와 　그러면 후미코가 계획을 짜보든가.

사이토 　생각하는 건 자기 역할이라며?

　　오호, 오가와 씨가 계속 살해 방법을 고안해내도록 내 버려 두면 히사요 씨는 오래 살아 있을 수 있겠네요. 은행이니 감자 싹이니, 미안한데 웃음이 나올 지경이에요.

사이토   이 대화를 한 게 12월 초였어. 그 뒤로 일이 바빠져서 오
             가와를 만나거나 연락을 할 일이 한동안 없었지. 크리스
             마스랑 새해 준비에다 대목인 섣달까지 있었으니까. 두
             주쯤 뒤였나. 공교롭게도 크리스마스 밤이었는데. 퇴근
             시간이 임박했을 무렵 히사요 씨한테 전화가 걸려 왔어.

전화요?
히사요 씨가 사이토 씨 연락처를 알고 있었나요?

사이토   오가와의 일을 다 털어놓은 날부터 계속 연락을 주고받
             았거든. 오가와도에도 다녔고 가게 정기휴일이랑 내 휴
             일이 겹치는 날에는 함께 차를 마시기도 했어.

사이가 좋아진 거군요.

사이토   만나면 의외로 이야기가 끊이질 않는 거야. 그리고 오가
             와가 무슨 짓을 꾸미는지 전부 히사요 씨한테 보고하고
             있었어.

은행이랑 감자 싹 독살 계획을 히사오 씨는 전부 알고 있었겠네요. 하긴, 그러면 자기방어가 가능했겠군요. 먹는 척하면서 손도 대지 않았을지도 모르겠어요. 라스푸틴 체질은 아니었네.

그나저나 라스푸틴이 누구예요?

사이토 그리고리 라스푸틴. 20세기 초 제정 러시아 말기의 로마노프 왕가에 중용된 고승이었어. 병을 낫게 하는 신비한 능력이 있었고, 특히 알렉산드리아 왕비의 신뢰가 두터웠다고 해. 궁정에서 권력을 휘두르다가 눈 밖에 나서 끝내 암살당했지.

설명이 술술 나오시네요. 역시 범죄 다큐멘터리 연구자라니까.

그래서 12월 25일에는 무슨 용건으로 전화한 거예요?

사이토 오가와가 죽었다고 했어.

뭐라고요?!

아, 장면이 바뀌었어. '오가와도' 가게 안이네.

포럼 안쪽의 조리실 바닥에 카키색 트레이닝복 상하의를 입은 오가와 씨가 천장을 바라본 채 쓰러져 있어.

눈은 반쯤 감겼고. 꿈쩍도 안 하네. 정말이야. 죽었나 봐.

그 옆에 얼기설기 짠 튜닉 기장의 스웨터와 레깅스의 실내복 차림인 히사요 씨와 검은색 다운 패딩으로 몸을 감싼 사이토 씨가 서 있어. 사이토 씨는 직장에서 곧장 뛰어왔나 봐.

무슨 일이 일어난 걸까.

히사요   계단에서 떨어졌어. 그것도 맨 꼭대기에서. 요즘 툭하면 잘 미끄러지는 것 같더라니. 난 다친 지 얼마 안 돼서 조심하고 있었거든.

사이토   이 사람이 계단에 왁스를 발라놓을 거라고 말한 적도 있었어. 그랬을지도 모르지.

히사요   어쩐지. 빌어먹을 놈 같으니. 설거지도 욕실 청소도 에어컨 청소도 싫어했던 인간이 일부러 왁스를 발라놨단 말이지. 결국 자기가 친 덫에 걸려든 꼴이잖아. 멍청이가 따로 없네.

계단이 급경사네. 올라가는 입구가 낯익은데.

역시 이 건물이랑 닮은 것 같단 말이야. 설마 진짜 이 건물에서 촬영했나. 있을 법한 일인가?

사이토   즉사한 거야?

히사요   살아 있었어. 신음하며 일어서려다가 나한테 구급차를 부르라더군. 그래서 거기 있던 커다란 밀방망이로 머리를 후려갈겨서 숨통을 끊어버렸어.

사이토   기어이 저질렀군.

히사요   그야 자업자득이지. 이 인간이 나한테 해온 짓, 자기가 제일 잘 알잖아? 선물이랍시고 은행을 주워오고 감자 요리를 해준 일 말이야. 마치 신혼 때처럼 부지런하게 굴더라니까. 자기가 귀띔을 안 해줬으면 마냥 기뻐했을지도 몰라. 일도 안 하는 지긋지긋한 남편이긴 하지만 나한테 조금은 미안해하는 거라고 속 좋은 생각이나 하면서 말이야. 하지만 이 인간은 내가 죽었으면 하는 생각에 그런 짓을 한 거였어. 그런 주제에 본인이 다치자마자 구급차를 부르라고 명령하잖아. 죽이려고 벼르던 마누라한테 말이야. 머리로 피가 솟구쳐서 눈앞이 시뻘게지더라고. 참을 수 없었지.

사이토   이해해.

히사요   있잖아. 나, 자기한테는 미움이나 질투 같은 감정은 없다
고 생각했거든? 그런데 불같은 분노 속에는 역시나 자기
를 향한 감정도 섞여 있었어. 틀림없는 사실이야.

사이토   ……알아.

히사요   미워하진 않아. 다만 괘씸했고 조금은 상처 받았어.

사이토   그렇겠지. 당연해.

히사요   자기가 미리 주의를 줬는데도 난 다 먹었어. 은행도, 독
이 있는 싹을 넣은 풀코스 감자 요리도.

사이토   아니 어째서?

히사요   왜 그랬는지는 나도 잘 모르겠어. 그렇게 죽길 바란다면
죽어줄게. 그런 자포자기의 심정도 있었던 건 확실해. 스
무 해 이상을 부부로 살아온 끝에 남편이 내린 대답이 이
런 거라잖아. 독을 먹어주는 수밖에 없다는 생각마저 들
었지.

사이토   주목으로 만든 차도 마신 거야?

히사요   응. 이상한 맛이 나서 많이 마시지는 못했는데 어쨌든 마
셨어. 하지만 난 이렇게 살아 있어. 죽은 건 이 인간이고.

오가와 씨, 정말 자업자득이네. 달리 할 말이 없어.

히사요 　아버지는 장인이었던 스루가 씨와 내가 결혼해서 오가와도를 이어받길 바라셨지. 나도 그 사람이 싫지 않았어. 솜씨도 좋고 성실했으니까. 그러다 아버지가 갑자기 돌아가시는 바람에 수습생을 고용했고 그게 이 인간, 게이타로였지. 어쩌다 이 인간을 좋아하게 돼서 결혼 같은 걸 해버렸을까. 기억이 안 나. 하지만 당시에는 좋아서 어쩔 줄 몰랐어. 게이타로와 결혼하지 않으면 불행해질 거라 믿었지. 세월이 흘러서 설마 이런 처지가 될 줄은 꿈에도 몰랐는데.

　히사요 씨, 전혀 강철 멘탈이 아니었네.
　죄송하게 됐습니다.

히사요 　스루가 씨는 내가 결혼한 뒤에도 가게에 남아 일해 줬어. 십 년 전에야 독립해서 고향에 가게를 차리게 되면서 여기를 그만뒀지. 그때 그러더라. 유부녀가 된 뒤에도 날 좋아했다고. 게이타로는 저런 남자니까 언젠가 헤어질지도 모른다고 생각했대. 설사 헤어지지 않더라도 가까이에 있고 싶었다고. 도와주고 싶었다고 그러더라. 그래서 결혼도 안 하고 계속 가게에 남았던 거래. 그러다 그 사람 아버지가 돌아가셨고 병치레가 잦았던 어머니가 혼자 남겨진 거야. 그나마 형네 부부가 어머니와 가까이에 살고 있었는데 서로 사이가 좋지 않아서 결국 스루가 씨는 귀향을 결정했어. 하지만 사실은 계속 내 곁에 있고 싶었대. 그런 말까지 했어. 믿어져?

사이토   믿어.

히사요   그런 남자는 스루가 씨뿐이었어. 나 같은 여자를 그렇게까지 생각해줬다니. 그런데도 난 게이타로와 헤어지지 않았어. "얼른 죽어버려" "뒈져버려"라는 욕까지 들으면서도 진심으로 죽이고 싶을 만큼 날 미워하고 있다는 건 몰랐어. 이 인간은 변하지 않겠지. 그러니 그냥 이대로 하루하루를 보낼 수밖에 없다고, 언제부턴가 체념해버렸지. 자기랑 만난 뒤에도 이 인간과 끝내기는커녕 관계를 바로잡을 생각도 안 했어. 죽길 바란다면 죽어주지. 그런 마음뿐이었어. 생각하는 것도 귀찮았어. 그런데 오늘에야 겨우 깨달았어. 내게도 아직은 분노할 기력이 남아 있다는 걸. 예전에는 아이가 생기지 않은 탓이라고 여겼던 적도 있었는데 지금은 정반대야. 나와 이 인간 사이에 아이가 없어서 천만다행이야.

히사요 씨한테도 사랑이라는 요괴가 들러붙었던 걸까.
아니면 다른 귀신인 건가.

히사요　이런 이야기를 털어놓을 수 있는 사람은 자기뿐이야. 이
　　　　것도 진심이야.

사이토　알아.

히사요　그럼, 자기는 그만 돌아가. 난 해야 할 일이 산더미라서.

사이토　경찰서에 가려고?

히사요　아니. 순순히 자수할 생각은 없어.

사이토　해야 할 일이라니, 어쩔 생각이야?

히사요　시체를 처리해야지. 솔직히 말해서 잘게 다지고 싶어.

사이토　도와줄까?

네? 뭐라고요?
도와준다고?

히사요　지금까지 이야기를 들어준 것만으로도 자기는 할 만큼
　　　　했어.

사이토　도울게. 나, 정육점 주임이잖아. 고기를 다루는 건 익숙
　　　　해.

그 논리는 대체 뭐죠? 공범이 될 텐데요.

사이토 히사요 씨가 오가와를 죽이게 된 건 내 책임도 있어. 여기까지 관여한 이상, 죄는 함께 뒤집어써야 한다고 생각했어.

잘 이해가 안 되네요. 살인사건의 공범이 되는 거라고요.

사이토 무엇보다도 죄에 깊이 관여하고 싶었어. 이건 히사요 씨와 나의 사건이니까. 손을 떼고 싶지 않았어.

그런 말을 들어도 더욱 이해가 안 되지만, 어쨌든 그렇다는 거죠.

사이토 나와 히사요 씨는 오가와의 시체를 욕실로 옮겼어.

욕실이요?

사이토 시체를 자르면 피가 흐를 테니까.

히사요 욕실과 화장실이 조리실 구석에 있어서 다행이야. 2층과 3층에 있었다면 둘이라도 상당히 힘들었을 거야.

사이토   계단에는 오가와가 왁스를 발라놔서 미끄러질 염려도
있고. 위험하니까.

히사요 씨가 오가와 씨의 양어깨에 팔을 끼워 들어 올
리고 사이토 씨는 오가와 씨의 코트를 벗긴 뒤 그의 발목
을 들었어.

오가와 씨가 입은 트레이닝셔츠에 아사쿠사 가미나리
몬•의 커다란 제등이 그려져 있네. 아사쿠사를 무척이나
사랑하고 있었구나. 일이 이렇게 되고 보니 슬프네.

두 사람은 오가와 씨를 욕실로 질질 끌고 갔다.

히사요   비실비실하게 마른 주제에 상당히 무겁네.

사이토   일단은 벗길까.

벗긴다니.

바닥이 자갈 모양 타일로 된 낡은 욕실에서 두 사람이
오가와 씨를 알몸으로 훌러덩 벗기고 있다. 트레이닝복 안

•   아사쿠사 신사로 들어가는 입구.

에 한 벌, 그 안에 또 한 벌. 껴입어서 손이 많이 간다. 오가와 씨의 몸은 어느 곳이든 묵직한 듯 아래로 축 늘어져서 옷을 벗기는 게 만만치 않아 보인다.

욕실 창문 너머로 캐럴 멜로디가 희미하게 흘러들어온다. 아 참, 이날은 12월 25일이었지.

이런 크리스마스라니, 끔찍하군.

사이토　우리 집에 고기 써는 커다란 식칼이 있는데.

히사요　여기에도 훌륭한 식칼은 있어. 거의 사용한 적은 없는데, 아버지의 가르침대로 해마다 한 번은 갈아두고 있거든. 안심해.

안심하라니.

사이토　세상에, 정말 좋은 식칼이네. 전통 과자점에서 이런 식칼도 써?

히사요　고기가 들어가는 오야키를 만들 때 아버지가 쓰셨지. 상당한 양의 고깃덩어리를 이 식칼로 자르고 썰고 두드려서 잘게 저몄거든. 기계로 하는 것보다 맛이 더 좋다나? 아버지만의 고집이었어.

사이토   아버님의 오야키, 맛있었겠다.

히사요   맞다, 오랜만에 오야키를 만들어볼까. 이 고기를 넣어
         서.

         네?

사이토   그래서 오가와를 잘게 자르고 썰고 두드려서 오야키에
         넣기로 했어.

         아니, 뭐라고요?
         자, 잠깐, 잠깐만요, 기다려보세요.

히사요   나 있지, 그때는 좀 어떻게 됐었나 봐.

         조금이 아니잖아. 조금이 아니라고.

히사요   어쨌든 오랜 세월을 함께 산 남편을 죽인 참이었으니까.
         엉망진창으로 흥분한 상태였어.

사이토   잘게 저미는 걸로 충분해. 오야키까지 만들 필요는 없다
         고 말리려 했는데.

히사요   이 지경까지 왔으니 철저하게 끝내고 싶었어. 그야말로
        뭔가에 홀린 것 같았지.

   뭐에 홀렸는데요? 적어도 사랑이라는 요괴는 아니잖아
요?

히사요   지금 생각해보니 자기가 옳았어. 그런 짓까지 할 필요는
        전혀 없었는데.

   맞아요. 전혀 없어요, 없다니까.

히사요   하지만 그때가 마침 연말이었고 손님한테 오야키를 다
        시 만들어달라는 부탁까지 받았으니까. 돌아가신 아버
        지도 분명 기뻐해 주실 것 같았어.

   전혀요, 그러실 리가 없잖아요. 설마 그거, 가게에서 파
신 거예요?

히사요   아쉽게도 그 전에 내가 쓰러져버렸어.

쓰러졌다고요?

아쉽게도?

역시 가게에서 팔 생각이었다는 건가.

사이토　오가와의 목과 양다리를 몸통에서 분리했어.

히사요　아침까지 작업했다니까.

사이토　재연 드라마로 돌아갈까요?

아뇨, 말씀으로 해주셔도 됩니다.

히사요　아침에 후미코는 슈퍼마켓으로 출근했어. 가게는 셔터
　　　　를 내린 뒤 임시휴업 안내장을 써 붙였고, 나 혼자 게이
　　　　타로의 해체작업을 계속하기로 했지.

사이토　26일만 일하면 27일은 비번이었으니까 아침부터 히사
　　　　요 씨를 도울 생각이었어.

히사요　후미코한테는 가게 출입문의 여벌 열쇠를 줬거든.

밤새셨군요. 졸리진 않으셨나요?

히사요　피곤했지만 잠은 오지 않았어. 고양감으로 가득 차 있었

으니까.

사이토　나도. 점심시간에는 직원 휴게실에서 깜빡 잠들어버리
　　　　는 바람에 정신이 없긴 했지만, 이상하게도 쌩쌩했지.

히사요　출근길에 후미코가 잠을 푹 잔 뒤에 작업을 시작하라고
　　　　당부했지만, 난 그러지 않았어. 혼자 부지런히 해볼 요량
　　　　으로 26일에는 종일 의욕에 넘쳤지. 욕실에 틀어박힌 채
　　　　오른팔을 숭덩 자르고 물로 피를 흘려보낸 다음 왼팔을
　　　　또 숭덩 자르고, 다시 물로 피를 흘려보내고……

사이토　재연 드라마로 돌아갈까요?

　　괜찮다니까요, 이대로 구두로 설명해주세요. 그걸로 충
분해요.

히사요　날이 추웠는데도 땀으로 목욕했어. 중노동이 따로 없었
　　　　지.

사이토　히사요 씨, 너무 의욕이 넘쳤던 건지도 몰라.

히사요　아니나 다를까, 피로가 몰려왔어. 머리가 아팠지. 지끈
　　　　지끈했어. 잠깐 쉴 생각에 작업을 중단하고 욕실에서 나
　　　　왔는데 눈앞이 캄캄해지는 거야.

사이토　오후 1시 반부터 점심시간이었는데 그때 히사요 씨한테

전화를 걸어봤더니 안 받았어.

히사요   그때는 이미 의식이 없었을 거야.

사이토   26일에는 안 와도 된다는 말을 들은 데다 히사요 씨도 자고 있을 것 같았지만, 아무래도 신경이 쓰여서 퇴근하 자마자 오가와도에 갔어. 욕실 앞에 히사요 씨가 쓰러져 있었지. 깜짝 놀라서 후다닥 다가가 히사요 씨를 안아 일 으켰지만 숨을 쉬지 않았어.

히사요   원래 혈압이 꽤 높았거든. 게이타로를 힘껏 내리쳤을 때 머리로 피가 너무 쏠리는 바람에 몸에 해가 됐나 봐. 그 이후로 계속 흥분상태이기도 했고.

오가와 씨가 먹인 독이 상당한 영향을 끼쳤을 가능성 은 없나요?

히사요   없어.

사이토   그래도 은행이랑 감자를 잔뜩 먹었잖아. 주목 차도 마셨 고.

히사요   그래봤자 안 죽는다며 비웃어 줬는데.

실제로는 독이 계속 쌓이는 바람에 심장이 약해졌다는

생각은 안 드세요?

히사요   상관없었다니까. 사인은 심장의 문제가 아니라 뇌였어.

  히사요 씨, 죽은 거예요?

사이토   난 구급차를 불렀어.

히사요   병원으로 옮겨졌지만 난 살아나지 못했지.

사이토   히사요 씨가 죽어버려서 모든 게 끝났어. 병원 영안실에
         서 난 펑펑 울었어.

  히사요 씨의 죽음이 그렇게 슬펐나요?

사이토   오가와의 죽음도 히사요 씨의 죽음도, 모든 게 한꺼번에
         실감이 났거든. 두 사람이 죽어버리고 나 혼자 남겨진 거
         야. 견딜 수 없을 만큼 외로웠어.

  오가와 씨의 죽음까지도 슬퍼해 주신 거네요. 어쩐지
안심했어요. 그런 감정이 드는 게 당연지사죠.

사이토　병원에서 나오는 길에 경찰서에 가서 자수했어. 그 뒤로
　　　　는 법의 심판에 따랐을 뿐이야.

히사요　후미코는 게이타로가 계단에서 굴러떨어졌다고 진술했
　　　　지만, 밀방망이로 한 대 맞았다는 사실은 입도 벙끗 안
　　　　했어. 경찰이 현장검증을 하면서 조리실 바닥의 혈흔도
　　　　확인했지만 밀방망이는 조사하지 않았지.

사이토　그나마 다행이었어. 분명 혈흔 반응이 나왔을 테니까.

히사요　경찰은 게이타로가 죽은 건 사고였다는 후미코의 진술
　　　　을 믿어주지 않았어. 그야, 사체를 토막 내놨으니 믿어줄
　　　　리가 없었겠지.

사이토　경찰은 히사요 씨가 오가와를 계단에서 고의로 밀었다
　　　　고 생각했어. 계단에 왁스를 바른 사람도 히사요 씨일 거
　　　　라고 여겨졌지. 그래서 우발적 살인으로 인정됐고 피의자
　　　　가 사망한 터라 서류만 검찰에 송치됐어. 히사요 씨를 위
　　　　해 동정적인 증언을 해준 손님도 많았어. 오가와가 얼마
　　　　나 게으르고 무능하며 난폭한 남편이었는지 이웃들도
　　　　제각각 증언해줬어. 스루가 씨도 그중 한 명이었지.

히사요　고맙네. 나, 스루가 씨랑 결혼할걸 그랬어.

　　다 지난 일이지만 사랑이라는 요괴는 심술쟁이네요. 스

루가 씨한테는 덤벼들지 않았으니까요.

사이토   나를 소중히 대해주는 사람이나 내가 소중히 여길 수 있
          는 사람. 사랑이라는 요괴는 그런 상대한테만 덤벼드는
          건 아니니까.

  사이토 씨도 살인죄의 공범으로 취급받았나요?

사이토   살인은 증거 불충분으로 불기소 판정을 받았고 사체 훼
          손 혐의로만 기소됐지. 재판에서 피해자에게 동정의 여
          론이 없었던 탓인지 내가 선고받은 형량은 비교적 가벼
          웠어.
히사요   가볍기는. 내가 죽였고 사체 훼손도 거의 내 짓이었잖아.
          집행유예였다면 좋았을 텐데. 안타깝게도 실형이었어.
사이토   혼자 사는 사람치고는 지나치게 훌륭한 정육점 식칼을
          가지고 있었고 소장하던 책들도 범죄 논픽션이 대부분
          이어서 불리하게 작용했던 것 같아. 죄는 죄니까. 얌전히
          복역했지. 그 후로 형기를 무사히 마치고 출소했어.

  출소한 뒤로는 어떻게 됐어요?

사이토 씨?

＊

히나타 씨?

이제 막 가게 문을 닫았어요? 고생하셨네요. 그럼 나갈
까요? 뭐 먹을까요. 드시고 싶은 거 있으세요?

맞다, 마지막 장면만 보고 가도 될까요?

흥미진진한 드라마를 보고 있었거든요. 무대는 전통 과
자점이고 주인공은 아주머니랑 아저씨인데요. 불륜으로
얽힌 삼각관계 때문에 살인 사건이 일어나는 스토리지만
서스펜스 드라마 느낌은 아니에요. 친근하다고나 할까, 남
일 같지 않은 내용이었어요. 신기하게도 드라마 세트장이
여기 건물과 상당히 닮았어요. 히나타 씨도 보실래요?

히나타 씨?

묘한 표정을 하시고, 왜 그러세요?

텔레비전 채널이요? 손댄 적 없는데요.

어라, 야구 중계를 하고 있네. 2회말? 어느 틈에 드라
마가 끝난 거지?

원래 스포츠 중계 전문 채널이라고요? 맞아요. 기다리는 동안 야구라도 보고 있겠다고 말하긴 했죠. 아직 시합 개시 전이길래 어쩔까 하면서 텔레비전을 켰더니 마침 드라마가 시작하더라고요. 스포츠 전문 채널에서도 드라마를 틀어줄 때가 있나 봐요.

전혀 없다고요?

이상하네. 분명히 보고 있었거든요. 전통 과자점에서 일어난 살인사건 드라마.

네? 그거 진짜예요?

옛날에 이 건물이 전통 과자점이었다고요?

살인사건이 일어나서 폐점했군요. 사고가 난 건물이 적당한 가격에 매물로 나와서 아버님이 사셨다는 거죠. 원래는 어머님이 양과자점을 열 예정이었는데 교통사고로 돌아가시는 바람에 현재는 이렇게 도시락 가게가 되었고요.

네, 어머님 일은 예전에 들었죠. 그전에 이런 사정이 있었다니.

생각해보니 이상한 드라마였네.

아무리 등장인물이 화면 너머로 관객과 소통하는 연출이라지만, 나랑 사이토 씨랑 히사요 씨랑 셋이서 아무렇지 않게 대화를 나눴잖아. 말도 안 돼.

사이토 씨가 재연 드라마 어쩌고 했었는데. 역시 실화였다는 소린가?

내가 텔레비전으로 본 드라마는 설마 이 집에서 진짜 일어났던 일?

뒤편에 주목이 있고 1층 조리실 구석에는 욕실과 화장실이 있잖아.

세상에.

히나타 씨.

새삼스레 이런 말을 하는 것도 이상하지만, 우리 사이 좋게 지내요.

히나타 씨를 절대 소홀히 하거나 함부로 대하지 않을게요. 꼭 조심할 테니까.

무슨 소리냐고요? 약간의 각오랄까요. 신경 쓰지 마세요. 그나저나 오늘은 뭐 먹을까요?

아, 햄버그스테이크요?

물론 햄버그스테이크를 좋아하지만, 특히 히나타 씨가 만든 햄버그스테이크 도시락을 가장 좋아하지만, 오늘 저녁에는 저민 고기 말고 다른 게 좋을 것 같아요. 미안해요.

오코노미야키? 좋네요. 오야키가 아니잖아요? 오코노미야키 말씀하시는 거 맞죠? 이의는 없습니다. 그럼 갈까요? 제가 오코노미야키 하나는 끝내주게 굽거든요.

앞으로도 서로 이런저런 이야기를 나누며 즐겁게 지냈으면 좋겠어요.

전 햄버그스테이크는 되고 싶지 않거든요.

무슨 말이냐고요?

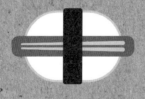

제4장

기쓰 씨와 일행들

당신이 무사히 돌아와 웃어주는 것.

제게는 그게 가장 큰 선물이에요.

첫 번째 운전기사

　T종합병원 앞에서 그들을 태운 건 6월의 마지막 금요일. 장마가 물러날 거라는 예보가 있던 날의 오후 2시경이었지.

　하늘은 맑게 갰고 볕이 쨍쨍했어. 기온은 37도를 넘어서서 체온보다도 높았지. 아스팔트에서 김이라도 피어오를 것처럼 한창 더운 한낮이었어. 이런 날에는 냉방이 빵빵한 택시가 오아시스로 보이기라도 하는지 아침부터 잇따라 손님이 택시에 타더군. T종합병원 앞을 지나간 것도 S사원 앞까지 할아버지 일행 두 사람을 태우고 난 직후였어. 날이 더워서 위험하니 꼭 필요한 용건 말고는 한낮에 돌아다니지 말라고 텔레비전 뉴스에서 아무리 당부해도 노인들은 외출한다니까. 이 할아버지들도 S사원의 문 안으로 느긋하게 들어가더군. 저건 꼭 필요한 용건일 리가 없을 텐데. 단순히 구경하거나 그저 시간 때우러 온 걸 거야. T종합병원의 정중앙 보도에 서 있던 이들도 할아버지와 할머니에 젊은 여자까지 가세해서 일행이 셋이었어. 하지만 여기는 병원이니까 필요한 용건이라고 할 수 있겠지.

손을 들고 택시를 부른 건 할아버지였어. 그런데 조금 뒤쪽에서 서성이며 이쪽으로 눈길을 보내는 젊은 여자가 눈에 띄더군. 목덜미를 붙잡힌 채 시선을 쏙 강탈당하는 느낌이었지.

딱히 젊은 여자여서가 아냐. 이번엔 그런 불순한 이유가 아니었다고.

화려하지도 요염하지도 않았어. 낙낙한 베이지색 원피스를 입은 수수한 복장에 인상이 차분하고 통통한 여자였어. 가까이 다가가 차를 세웠더니 그렇게까지 젊지는 않더군. 나이는 삼십 대 중반쯤이려나. 별다른 특징이라곤 없는 여자였는데 어째서 저토록 시선을 끄는 건지 불가사의했지.

"Y역까지 부탁해요."

그렇게 말하며 할아버지가 먼저 차에 탔어.

"지하철 입구인 K대로에 내려드리면 될까요?"

연이어 할머니가 탔어. 세 명이 나란히 앉으려나 싶었는데 젊은, 아니 그리 젊지 않은 삼십 대 여자가 조수석 창문 앞에 서서 차 안을 손가락으로 가리키더군. 조수석에 타고 싶었나 봐. 나는 조수석 문을 열었어.

"고맙습니다."

삼십 대 여자가 조수석으로 미끄러지듯 들어와 앉더니 안전벨트를 맸어.

"정말 미안하네요."

할머니가 할아버지에게 고개를 숙였어. 나는 택시를 출발시켰지.

"뭘요, 어차피 지나가는 길인데요."

말투로 보아 부부는 아닌 것 같았어. 백미러를 봤지. 남색 반팔 블라우스에 크림색 바지를 걸친 할머니는 몸집이 자그마하고 날씬했어. 자세히 뜯어보니 벌써 할머니라고 부르는 건 실례 아닌가 싶었어. 약간 등이 구부정하고 노쇠하긴 했지만 아직 육십 대처럼 보였거든. 겨자색 티셔츠에 헐렁한 청바지 차림의 할아버지도 비슷한 연배이려나. 체구가 크진 않아도 어깨랑 두 팔이 다부져서 단단해 보였어. 용모는 상당히 우악스러워 보였고.

어라.

나는 생각했어. 이 각진 얼굴과 매서운 눈매를 본 기억이 있는데.

"이 날씨에 Y역까지 걸어가는 건 위험해요. 갑자기 더워졌으니까요."

"그러게요. 불과 얼마 전까지만 해도 좀 더 건강했는데 말이에요."

육십 대 여자가 말했어.

"여러 가지 일이 있었으니까요, 몸에 무리가 올 만도 하죠."

진지한 표정으로 대꾸하는 이 남자, 기쓰 씨 아닌가?

기쓰 씨는 택시 업계의 대선배야.

E교통에서 근무하다가 15년인가 16년 전에 그만뒀지. 그 후로 다시 만난 거야. 설마 이런 식으로 마주칠 줄이야.

회사는 달라도 손님을 기다리던 택시 승강장이나 운행경로가 겹쳤기 때문에 기쓰 씨와는 익히 아는 사이였어. 이따금 점심을 함께 먹기도 했으니까 상당히 사이가 좋았다고 말할 수 있겠지. E교통에 다니던 다른 운전기사가 말해줬는데 기쓰 씨의 영업실적은 늘 상위권이었고 손님의 평판도 좋았던 모양이야.

기쓰 씨는 날 알아봤을까.

백미러를 봤지만 기쓰 씨의 시선은 이쪽을 보고 있지 않았어. 몰라본 건가. 설마. 명함은 분명히 보일 텐데. 사진도 붙어 있고.

하긴, 마지막으로 만난 지 십수 년이 지났으니까. 나도 상당히 나이를 먹었잖아. 머리숱도 꽤 줄었고.

"겨울에 딸아이가 죽은 뒤 초봄에 걸린 감기를 방치한 게 잘못이었나 봐요. 폐렴이 되어버렸지 뭐예요."

육십 대 여자는 가느다란 목소리로 소곤소곤 이야기했어.

"저도 마찬가지였죠. 그런 식으로 작년에 쓰러졌어요. 회복한 뒤에도 검사할 때마다 뭔가가 발견되는 통에 이렇게 좀처럼 병원과 인연이 끊어지지 않는 몸이 되어버렸네요."

기쓰 씨가 대꾸했어.

"서른 이후로 혼자 살았어요. 좋아하는 영화랑 기르던 고양이 이야기만 해대는 태평한 딸이었죠. 설마 그런 식으로 갑자기 떠날 거라곤 상상도 못 했어요."

"교통사고였다고 하셨죠. 마음 둘 곳이 없으시겠군요. 힘드셨겠어요."

"뺑소니였거든요. 마땅히 하소연할 데도 없는 사고였답니다."

차 안의 냉기가 한층 늘어난 듯한 무거운 화제였어. 기쓰 씨에게 말을 걸기가 망설여지더군. 조수석에 앉은 삼십대 여자도 묵묵히 앞을 보고 있었지. 이야기에 나오는 딸과 비슷한 연령대로 보였어. 가슴이 아릿했는지 표정이 굳어 보이더군.

"저희 같은 경우는 운전기사가 악질은 아니었어요. 지금도 기일에 꽃을 보내오죠. 성묘도 오는 것 같더군요."

기쓰 씨의 말에 놀라고 말았지. 기쓰 씨도 교통사고로 가족을 잃은 걸까. 그러고 보니 예전에 E교통에 다니는 지인한테 그런 소문을 들은 적이 있는 것도 같은데, 잊어버렸어.

"아무리 운전기사가 좋은 사람이라 한들 용납하기 힘든 감정은 남는 법이죠. 딸아이의 경우에는 더욱 그렇답니다."

육십 대 여자는 잠시 말을 잇지 못했어.

"사고가 난 뒤 곧장 차를 멈추고 구급차를 불러줬더라면 구할 수 있었을지도 몰라요. 의사 선생님한테 그런 말을 들었죠. 그래서 더욱 용서할 수 없답니다."

Y역으로 향하는 H대로는 상당히 붐벼서 거북이운행을 했어. 빨간 신호에 걸려서 차를 멈췄지.

"그래도 얼마 전에 드디어 범인이 잡혔답니다."

"잘됐네요. 정말 다행이에요."

기쓰 씨 표정이 조금 부드러워졌고 조수석의 삼십 대 여자는 한숨을 내쉬었어. 나도 가슴을 쓸어내렸지. 그렇군, 잡혔단 말이지. 다행이다.

"음주운전을 하면서 신호를 무시했대요." 육십 대 여자가 말을 토해냈다. "도망친 거예요."

"아주 무거운 처벌을 받았으면 좋겠네요."

기쓰 씨가 장엄하게 말했어. 조수석의 삼십 대 여자가 고개를 깊이 끄덕였지.

"범인은 심판받을 거예요. 그래도 딸아이는 돌아오지 않죠. 어쩔 수 없는 일이지만, 조금이나마 가슴의 응어리가 풀렸답니다."

"견딜 수 없는 일이죠. 저였다면 범인을 이 두 손으로 목 졸라 죽이고 싶었을 거예요."

"저도 마찬가지였답니다. 하지만 그런다 한들 딸아이는 돌아오지 않으니까요."

파란 신호. 차들이 천천히 움직이기 시작했지. 난폭한

햇볕이 앞 유리를 통과하며 쨍쨍 내리쬐고 있었어. 타버릴 것 같더군.

"덥지 않으세요?"

나는 작은 목소리로 물었어. 조수석의 삼십 대 여자는 고개를 저었지.

"시원해요. 너무 썰렁하다 싶은 정도랍니다."

뒷좌석에서 육십 대 여자가 대답했어.

"그럼 냉방을 줄일까요?"

"괜찮아요. Y역까지는 금방이니까요."

그래도 고객을 상대하는 일이니까. 조수석의 여자도 더울 테지만 지금은 연장자의 체감온도에 맞춰주는 게 맞겠지. 나는 냉방의 세기를 약하게 조절했어.

"그러고 보니 경찰 관계자가 이상한 말을 해줬답니다."

"무슨 말인데요?"

"죽은 딸아이한테는 여동생이 있는데요, 저도 그 애한테 전해 들었어요. 이상한 이야기였어요."

육십 대 여자가 살짝 웃은 것 같았어.

"아까도 말씀드렸듯 죽은 딸아이는 혼자 살고 있었어요. 종종 본가에 얼굴을 비출 때는 무언가 선물을 들고 왔죠. 맛있다고 소문난 가게의 빵일 때가 많았어요. 제가 빵을 좋아했거든요. 작은애랑 오랫동안 수다를 떨면서 제가 해준 음식을 먹었죠. 하지만 본가에서 자고 가는 법이 없었고 꼭 자기 아파트로 돌아갔어요. 고양이를 기르고 있었다고 제가 말씀드렸나요? 고양이가 외로워해서 하룻밤이라도 집을 비울 수 없었던 거예요. 오래 집을 비우면 고양이가 심술을 부린다며 간식도 사 들고 돌아갔죠. 딸아이는 고양이한테 줄 선물까지 준비했어요. 아무리 밤이 늦어도 집으로 꼭 돌아갔답니다."

K대로와 만나는 사거리에서 다시 빨간 신호에 걸려 차를 멈췄어. 더위 탓인지 길을 걷는 사람은 드물었지.

"고양이를 좋아했군요."

"사족을 못 썼어요. 자기가 찍은 고양이 사진이나 영상을 저나 작은애한테 자랑하면서 좋아했으니까요. 회색과 검은색 줄무늬가 있는 고양이였어요. 화가 난 것처럼 눈이 가늘고 코가 납작해서 그다지 사랑스러운 생김새는 아니었답니다. 그 고양이가 단순히 잠든 모습이라든가 밥을 달라고 조르며 우는 모습이라든가, 딸아이가 말을 걸어도 무시한 채 지나가는 순간이라든가, 방 안 여기저기를 뛰어다니며 테이블 위에 있던 머그잔을 바닥으로 떨어뜨리는 장면이라든가, 재미없는 영상만 한없이 보여주는 통에 질려버렸죠."

"따님에게는 무척이나 사랑스러웠나 보네요."

"딸아이가 죽은 뒤 그 애가 살던 아파트를 정리하고 고양이는 집으로 데려왔어요. 상상했던 것보다는 얌전한데다 화장실도 잘 가리고 집 안 곳곳을 뛰어다니며 물건을 망가뜨리는 짓도 하지 않았어요. 쓰다듬으면 그르렁거리긴 했지만 가만히 있었죠. 그렇다고 먼저 다가오는 경우는 거의 없었어요. 죽은 딸아이와는 늘 함께 잤다고 들었는데 제 이불 속에든 작은애 침실에든 들어오는 법이 없었죠. 우릴 잘 따르진 않았답니다."

"환경이 변화한 탓도 있었겠지만 원래 고양이는 경계심이 강하니까요. 언젠가는 마음을 열어 줄 거예요."

"그렇게는 되지 않았어요. 매일매일 화가 난 듯한 눈빛을 한 채 스핑크스처럼 몸을 웅크리고 있었어요. 볕이 잘 드는 창가에 있어도 추워 보였죠. 사료도 거의 먹지 않아서 점점 말라가는 터라 걱정하고 있었어요. 병원에 데려가야 할지 작은애랑 상의하던 참이었죠. 초봄의 어느 아침에 제가 빨래를 널려 할 때, 2층 바닥 가까이에 난 통창으로 고양이가 휙 나가버렸어요. 베란다 울타리를 빠져나가더니 처마에서 홈통을 타고 스르르 아래로 내려가 그대로 가출

해버렸답니다. 그 뒤로 돌아오지 않아요."

파란 신호. 택시를 출발시켰어.

"작은애가 동네에 벽보를 붙이고 인터넷에 행방을 찾는 글을 올려 봤는데도 여전히 못 찾았답니다. 딸아이가 그토록 아끼던 고양이마저 잃어버렸죠. 제가 깜빡 방심한 탓이에요."

"자신을 탓하지 않는 편이 좋아요. 이 세상에는 고양이를 좋아하는 사람이 많으니까요. 어딘가에서 누군가에게 구조되어 분명 아무 탈 없이 지내고 있을 거예요."

기쓰 씨가 딱하다는 듯 말했어. 아마도 자기가 한 말을 믿지는 않았을 거야. 이 세상에는 고양이를 싫어하는 이도 많을뿐더러, 고양이한테는 관심조차 없는 자동차에 치여서 거의 매일 작은 동물들이 목숨을 잃고 있으니까.

"그랬으면 좋겠어요."

육십 대 여자는 쓸쓸한 듯 중얼거렸어.

"이상한 이야기라는 건 고양이의 일이에요. 경찰에 따르면 뺑소니범이 고양이 귀신한테 습격당하는 바람에 자수하러 온 거라고 말했다네요."

"고양이 귀신이라……."

기쓰 씨의 목소리가 약간 삐끗하더니 발음이 살짝 어

긋나게 들렸어.

"자신의 범행을 추궁하는 고양이 귀신한테 밤마다 잡아먹히는 꿈을 꾸다가 수면 부족으로 녹초가 된 끝에, 실제로 살해당할 뻔했다고 그랬대요."

여기에서 처음으로 육십 대 여자가 피식 소리 내어 웃었지.

"그것도 말이죠, 회색과 검은색 줄무늬가 있는 고양이 귀신이었다고 말했다나요? 믿어지세요?"

다시 사거리. 좌회전했어. 이제 곧 Y역이야.

"사라진 고양이가 언니의 복수를 한 거라고 작은애는 믿고 있답니다. 전 긴가민가하면서도 속으로는 믿고 싶은 심정이에요. 남들이 봤을 때는 바보 같은 이야기일 테지만, 믿고 싶어져요."

"믿으셔도 돼요."

Y역의 지하철 입구가 보였어. 백미러를 통해 기쓰 씨와 시선이 마주쳤지.

"믿읍시다."

정색한 표정의 기쓰 씨는 무척이나 진지했어.

"Y역입니다."

나는 말을 걸었어.

"한 사람 내릴게요."

기쓰 씨가 말했어. 뒷좌석 문을 열었더니 차 안으로 열기가 훅 들어왔어.

"여기까지 타고 온 요금을 낼게요."

가슴에 안고 있던 에코백에서 육십 대 여자가 지갑을 꺼냈어.

"아뇨, 괜찮습니다. 돌아가는 김에 태워드린 거니까요."

"무슨 말씀이세요, 그럴 수는 없죠. 낼게요."

"아니에요, 그러지 마세요."

"안 된다니까요."

나로서는 어느 쪽이든 빨리 타협해줬으면 하는 실랑이가 얼마간 이어졌어. 조수석의 삼십 대 여자가 웃고 있더군.

"그럼 다음에 병원에서 뵈면 그때 또 같이 택시를 타죠. 그때 얻어 타는 걸로 합시다."

"정말 미안해서 어쩌죠."

육십 대 여자가 머리를 깊이 숙였어.

"이상한 이야기까지 들어주셨네요."

"별말씀을요, 괜찮아요."

육십 대 여자가 택시에서 내렸어.

"사라진 고양이 말인데요."

기쓰 씨가 생각났다는 듯 말을 걸자, 육십 대 여자가 돌아봤어.

"지금쯤 세상을 떠나신 따님과 함께 있지 않을까요?"

육십 대 여자는 기쓰 씨의 얼굴을 말끄러미 바라봤어.

"그렇게 생각하세요?"

"네, 믿어요."

"고맙습니다."

육십 대 여자는 다시 깊이 인사했어.

"출발해주세요."

기쓰 씨가 말했어. 나는 문을 닫았지.

"어디로 갈까요?"

"K동네 3번가."

T종합병원 앞에서 Y역. 그리고 K동네 3번가까지. 방향이 완전히 다르진 않더라도 조금은 빙 돌아가는 거리였지. 집에 가는 길목이어서 태워준 건 아니었던 모양이야. 기쓰 씨는 그 육십 대 여자를 데려다주고 싶었다기보다 이야기를 들어주고 싶었던 거겠지.

"그런 사람이에요."

조수석의 삼십 대 여자가 나직이 말했어.

택시가 출발하자 지하철 입구 앞 보도에 선 채 육십 대 여자가 우리를 배웅하더군. 더 이상 표정은 보이지 않았지만 울고 있는 게 아닐까, 그런 생각이 들었어.

"M언덕 아래 사거리에서 좌회전하면 거기부터가 K동네인가요?"

백미러 속에서 육십 대 여자의 모습이 점점 작아지고 있었어.

"나카노."

기쓰 씨 목소리가 약간 밝아졌더군.

"나카노, 자네 맞지? 오랜만이야."

난 기뻤어. 그럼 그렇지, 기쓰 씨도 알아봤구나.

"오랜만입니다. 굉장한 우연이네요. K동네 3번가에 사세요?"

"응. 자택 겸 가게야. 거기에서 도시락 가게를 운영하고 있지."

기쓰 씨, 지금은 도시락 가게 주인이었군.

"애초에 나도 Y역에서 내려 집까지 걸어갈 생각이었네."

"그러지 말아요."

조수석의 삼십 대 여자가 나직이 말했어.

"생각을 바꿨어. 딸한테 혼나니까."

기쓰 씨는 곧장 말을 이었어. 그 말인즉슨 이 여자가 딸이란 소린가.

"실은 오늘 아침에도 병원까지 걸어갈 생각이었는데. 이런 찜통더위잖나. 걸어갔다간 도중에 쓰러진다며 말리는 통에 택시를 탔어. 귀갓길에 설마 자네 택시를 만날 줄이야."

사거리에서 빨간 신호에 걸려 정차했어.

"어디 몸이 불편하세요?"

"이 나이쯤 되면 몸 여기저기 성한 곳이 없다네."

기쓰 씨. 그러고 보니 꽤 늙으셨네. 상당히 마르기도 했어. 박력 있는 눈매는 여전하지만.

"좀 전에 들은 이야기는 뭔가 기묘하던데요."

"병원 로비에서 종종 마주쳤던 분이야. 자네도 들었다시피 따님을 뺑소니 사고로 잃은 지 얼마 되지 않으셨지. 어쩌다 보니 이야기를 들어주게 됐어."

파란 신호로 바뀌자 사거리에서 좌회전했어. 운전석에 내리쬐던 직사광선도 수그러들어서 좀 견딜 만하더군.

"고양이 귀신이라. 이 세상에는 다양한 사연이 존재하

는 법이지."

"믿으시는 건가요? 고양이가 귀신이 되어서 범인을 궁지에 몰아넣었다는 이야기요. 고양이 귀신이란 게 정말 존재하는 걸까요."

"그분과 작은 따님이 믿는다면 존재하는 거야."

기쓰 씨다운 대답이었어.

"유족분들 마음이 편안해지신다면야 다행이죠."

"남겨진 쪽은 앞으로도 계속 살아가야만 하니까."

"기쓰 씨 가족분도 교통사고를 당하신 거예요?"

다음 사거리는 파란 신호였어. 다시 좌회전하면 K대로에 접어들지.

"응, 아내였다네."

아뿔싸, 아픈 곳을 건드리고 말았어.

기쓰 씨는 부인을 잃었군. 옛날에 그런 소문을 들은 적이 있었나. 어쨌든 잊어버린 내 잘못이었지. 후회해도 소용없었어. 언짢으신 건 아닐까. 내가 다음 말을 찾는 동안 택시는 목적지에 가까워지고 있었어.

"다음 신호쯤에서 내려주게."

"댁 앞까지 가세요."

"바로 근처야. 신호 좌측의 언덕길을 조금만 올라가면

있다네. 가게 바로 앞까지 가면 상당히 크게 돌아가야 해."

그렇군, 이 언덕길은 일방통행이라 차를 못 돌리겠어. 기쓰 씨와 좀 더 이야기를 나누고 싶었지만 어쩔 수 없었지.

신호 직전에 택시를 세웠어. 1,460엔이 나왔지. 신호대기가 많았던 탓인지 거리에 비해 요금이 꽤 나왔어. 기쓰 씨는 지갑에서 현금 2,000엔을 꺼내 값을 치렀어.

"바로 저쪽 가게라네. 사실 최근에는 딸애한테 온전히 맡겼어. 난 빈둥빈둥 놀러만 다니지. 괜찮다면 놀러 오게."

"조만간 꼭 갈게요."

나는 힘찬 목소리로 대답하며 문을 열었어. 다시 차 안으로 열기가 훅 들어왔지.

"그때는 차라도 한잔하자고."

이 말을 남기고 기쓰 씨는 내렸어.

택시를 출발시키려다 문득 깨달았어.

도시락 가게 이름을 묻는 걸 깜빡했지 뭐야. 하긴, K동네 3번가의 저 언덕길에 있는 건 확실하니까 잘못 찾을 염려는 없겠지.

그러다 무심코 혼잣말이 튀어나왔어. 어라?

조수석에 탔던 여자가 없는 거야. 언제 내린 거지? 전혀 눈치채지 못했는데. 기쓰 씨와 대화하느라 방심했던 탓일까. 아니면 더위 때문에 정신을 놓고 있었던 건가.

약하게 틀어놨던 냉방을 다시 강하게 돌렸어.

기쓰 씨의 가게에는 아직 안 가봤어.

조만간 들를 생각이야.

두 번째 운전기사

같은 사람, 불과 얼마 전에 저도 태웠어요.

눈빛이 날카롭고 각진 턱을 한 할아버지랑 통통하고 그
럭저럭 젊어 보이는 여자. 일행이 셋이었죠. 기쓰 씨라고 분
명 그렇게 불렀어요. 하지만 다른 한 사람은 여자가 아니었
어요. 기쓰 씨와 동년배인 남자였죠. 다도코로 씨라고 부
르던데요? 남자 둘이 뒷좌석을 차지했고 여자는 조수석에
탔어요. 패턴이 같네요.

7월 중순이 조금 지나서 20일쯤이었나. 어김없이 35
도가 넘는, 징그럽게 더운 날이었어요. 오후 4시가 다 되었
던 것 같은데 여전히 태양의 기세는 누그러지지 않았죠.

복장은 잘 기억나지 않는데요, 여자는 역시 펑퍼짐한
원피스 아니었나. 기쓰 씨도 티셔츠에 청바지 차림이었던

것 같아요. 다도코로 씨는 하얀 폴로셔츠에 바지를 입었던가. 다들 나들이 복장은 아니었어요. 실내복보다 좀 더 갖춰 입은 평상복 차림이었죠.

기쓰 씨 일행을 태운 건 Y공원묘지에서였어요. 공원묘지 입구의 신호등 근처예요. 역에서는 조금 떨어진 곳이죠. 다들 성묘하고 돌아가는 길인 것 같았어요. 바로 직전에도 성묘객처럼 보이는 할아버지 일행 두 분을 태웠거든요.

"H야마까지 가주세요."

행선지를 말한 쪽은 기쓰 씨였어요.

"지하철역 근처에 내려드리면 될까요?"

"4번가에서 내려주세요."

대답한 쪽은 다도코로 씨였죠.

"H야마대로에서 한 길 안쪽으로 들어간 길이에요. 근처에 도착하면 다시 말씀드리죠."

저는 택시를 출발시켰어요. 공원묘지에서 멀어져도 그 부근에는 자그마한 절이 밀집해 있었어요. 그것도 요즘 같은 철근 콘크리트 사원이 아니라 옛날 방식으로 건축한 목조건물의 절뿐이죠. 녹음이 무성해서 잠시나마 시원한 기분이 들었어요.

"일부러 집까지 가지러 가주신다니 정말 죄송하네요."

다도코로 씨가 말했어요. "택배로 보내드려도 되는데요."

"별말씀을요. 그렇게 수고스러운 일도 아닌데요." 기쓰 씨가 너그러이 대답했어요.

"마침 이렇게 뵐 수 있게 되었으니 좋은 기회죠."

"정말 우연이네요. 설마 이런 곳에서 뵐 줄은 몰랐습니다."

"어머니 기일이라서요."

"전 오늘이 아들 기일이랍니다."

"5월은 아내의 기일이었죠. 나이를 먹을수록 하루하루 누군가의 기일이 찾아오네요."

"같은 공원묘지였군요. 묘한 인연인 것 같습니다."

"이른바 묘지 친구랄까요. 다도코로 씨와 전 무덤 친구네요."

기쓰 씨는 웃지도 않은 채 그렇게 말했어요. 딱히 기뻐할 인연도 아닌 것 같은데 말이죠. 무덤 친구라뇨. 전 핸들을 왼쪽으로 꺾었어요.

절이 밀집한 거리의 좁은 길을 벗어나 시끌벅적한 대로와 맞닥뜨렸어요.

"그나저나 《도쿠가와 이에야스德川家康》는 읽는 재미가 있었습니다. 가끔은 그런 대하소설도 좋더군요."

다도코로 씨가 화제를 바꿨어요.

"하지만 도쿠가와 이에야스는 그다지 인기가 없는 모양입니다. 역시 다들 오다 노부나가를 좋아하는 것 같던데요."

"노부링이 가까이에 두고 싶은 인간은 아닐 텐데요."

기쓰 씨는 상당히 분통 터진다는 표정이었어요. 아하. 전 생각했죠. 기쓰 씨랑 다도코로 씨는 역사소설을 좋아하시는구나. 무덤 친구 이전에 독서 친구였던 모양이에요. 저도 역사소설은 상당히 좋아하는 편이거든요.

그나저나 노부링이라니. 장군을 그런 식으로 부르다뇨, 기쓰 씨. 게다가 전혀 웃지도 않고 진지한 표정으로 그렇게 부르더라니까요.

"오다 노부나가에겐 꿈이 있으니까요. 천하통일을 눈앞에 두고 쓰러지다니. 마흔아홉이라는 좋은 나이에 말입니다. 젊지도 늙지도 않은 나이죠."

대로에서 좌회전한 뒤 곧장 우회전했어요. 좁은 2차선 도로에 접어들자 급격한 오르막길이 시작됐어요. 이제부터는 한동안 오르락내리락하는 언덕길이 쭉 이어지죠.

"인생은 덧없이 짧다고 하잖아요. 제가 좋아하는 말에 비유하자면 온전히 불태운 셈이죠. 훌륭한 인생 아니겠습니까."

"글자 그대로 다 타서 사라졌죠. 결국 부하의 반역으로 자결한 노부링의 결말이, 비극을 좋아하는 일본인의 입맛에 딱 맞아떨어진 셈이죠."

노부링이라고 부르면서 기쓰 씨는 끝까지 진지한 얼굴이었어요.

"다도코로 씨도 노부링 편인가요?"

"전 도요토미 히데요시를 좋아한답니다."

"히데몬 말이군요. 그 남자한테는 익살스러운 면이 있죠."

도요토미 히데요시는 히데몬이라 부르는 건가. 제 생각을 읽기라도 한 것처럼 조수석의 여자가 목청을 울리며 쿡쿡 웃었어요.

"하지만 그 인물은 말년이 나빴죠."

기쓰 씨가 오다 노부나가와 도요토미 히데요시를 어떻게 부르든 다도코로 씨는 동요하지 않는 듯했어요. 익숙해진 거겠죠.

"그러니 히데몬의 말년을 생략해버리는 작가도 있는 거겠죠. 적고 싶지 않은 거예요."

"나이를 먹고 꼰대가 되어 버렸잖습니까. 딱하기도 해

요. 예순둘에 죽었던가요. 지금으로 따지면 한창 젊은 나이인데 말입니다. 저보다도 젊어요. 도요토미 히데요시가 죽었던 나이를 제 자신이 넘겼을 때는 감개무량하지 뭡니까."

"아들을 귀여워한 나머지 중신들에게 뒤를 부탁한다고 울며 애원했다죠. 히데몬의 그러한 면은 미워할 수가 없더군요."

"도쿠가와 이에야스는 간단히 배신했는데 말이에요."

"얏스는 보통이 아니니까요."

도쿠가와 이에야스는 얏스라고 부르는 거 있죠. 기쓰 씨는 장군을 가까운 친구 대하듯 하는 태도를 유지했어요.

"어찌 보면 간단히 그랬다고 말하긴 어려울지도 모르겠네요. 히데요시가 죽은 뒤 도요토미 일가를 이에야스가 멸망시키기까지 상당한 시간이 걸렸잖아요."

"17년이 걸렸죠."

"참을성이 너무 많다 싶어요."

택시는 비탈길을 끝까지 오르자마자 곧장 내리막길로 내려갔어요.

"다만, 운명을 건 싸움은 히데몬이 죽은 뒤 불과 2년이 지난 시점이었죠. 최고 권력자가 되어 에도에 막부를 설치한 게 그로부터 3년 뒤고요. 도요토미 일가한테 천하를 빼앗은 건 그럭저럭 민첩한 행동이었어요."

"그럴 수밖에요. 히데요시가 죽은 시점에서 이에야스도 젊은 나이는 아니었으니까요."

"얏스는 히데몬보다 여섯 살 아래죠."

"오십 대 후반 무렵에 운명을 건 승부라니. 당시 평균연령을 생각하면 참 대단하다고 감탄하게 된답니다."

"얏스가 인기는 없지만요."

역시 분해 보였어요. 아무래도 기쓰 씨는 얏스의 상당한 팬인 것 같더라고요. 전 노부링 쪽이지만요.

"이런저런 소설을 읽다 보면 이에야스를 향한 평가나 감정이 변화해가더군요. 저도 그랬답니다. 기본적으로는 히데요시를 좋아하는 터라 이에야스에 대해 그리 호의적이지 않았는데 빌려주신 책 덕분에 주가가 상당히 올라갔어요."

"다행이군요. 얏스도 기뻐할 거예요."

"히데요시의 아들에 대한 평가도 갈리죠. 평범하고 바보 같은 아들이었다는 설도 있고 상당히 유능했다는 설도 있으니."

"이에야스의 아들도 마찬가지에요. 아버지의 이름이 위

대하면 아무래도 손해를 보죠."

"히데요시의 친자가 아니라거나 어머니의 말을 거역하지 못하는 마마보이 아들이었다는 식으로 이런저런 악평도 있었지만, 전 그 아들에게 퍽 애착이 있답니다. 노력했다면 뭐든 해냈을 인물이라고 믿고 싶어요."

다도코로 씨는 말을 멈춘 뒤 창밖을 바라봤어요.

"'노력하면 할 수 있어. 하지만 지금은 사양할래. 이런 상황에서 노력할 수 있을 리가 없으니까'라는 식으로 생각하는 위인, 예전 직장에도 있었어요."

기쓰 씨는 쓸쓸한 표정을 지었어요.

"근무 성적은 최악이면서 자신과 무관한 듯한 얼굴을 하고 있었죠. 그러다 갑자기 회사에 안 나오더군요. 결국 노력도 안 해보고 끝난 거예요."

맞아요, 그런 사람 있죠. 저는 마음속으로 크게 고개를 끄덕였어요. 우리 회사에도 있었거든요. 무턱대고 자신만만한데 일은 하지 않는 패거리. 어딜 가나 있는 법이죠.

"노력만 했더라면 좋았을 텐데. 그러길 바랐죠."

다도코로 씨의 시선은 밖으로 향한 채였어요.

"그럴 진심이 있다면요. 제발 행동으로 옮겼으면 하는 심정이에요."

택시는 언덕을 다 내려가 빨간 신호에서 멈췄어요.

"지하철로 이동하면 보기 힘든 풍경인데, 이렇게 차를 타고 가니 이 근방은 정말 언덕뿐이네요."

기쓰 씨도 창밖을 우러러보듯 감상하고 있었어요.

"우리 집도 언덕길에 있어요. 지명에도 골짜기나 높은 전각 같은 단어가 남아 있죠. 크게 솟아오른 전각을 허문 뒤 땅을 골라 평지를 넓히고 강을 정비해서 에도의 거리를 만들어 갔겠죠. 얏스와 그의 아들이 이끌던 시대에는 다들 어지간히 고생했을 거예요."

"저희 아파트 뒤편도 상당한 고지대여서 그 부근을 걸으면 낭떠러지 위를 걷는 듯한 기분이랍니다."

"T대학 근방인가요?"

"맞아요. K학교재단도 있죠. 주변에 학교가 많아서 밤에는 무척 한적합니다."

역시 목적지는 H야마 4번가 그 부근인가. 대화를 들으면서 저도 추측해봤어요. 신호가 파란색으로 바뀌었고 다시 오르막길이 시작됐어요.

"아들이 죽은 지 이십 년이 되었답니다."

다도코로 씨가 가만히 말했어요.

"살아 있었다면 서른이 넘었겠죠. 다 큰 어른이에요. 죽은 자식의 나이를 세어본들 아무 소용없지만, 해마다 머릿속에서 나이를 헤아리고 맙니다."

"이해해요. 살아 있었다면 몇 살이었을 텐데, 하는 마음은 저도 아내한테 똑같이 갖고 있으니까요. 부모님 연세는 세지 않는데 말이죠. 살아계셨다면 백 살이 넘으셨겠죠. 나라에서 표창장을 받을 만큼 장수하시는 셈이니까요. 얼마 전에 거듭 연세를 헤아려봤더니 어마어마하더군요. 덴카이 승려* 저리 가라였어요."

아, 그 인물 누군지 알아요. 백 살 무렵까지 살았던가요? 역시나 기쓰 씨도 덴카이 승려한테는 별명을 붙이지 않더라고요.

"초등학생 때 여름 해변학교에 갔다가 익사 사고를 당했어요. 구에서 운영하던 숙박시설에서 묵었던 데다 용돈을 들고 가도 되는 학교행사도 아니었는데 아들은 선물을 들고 오겠다며 큰소리를 쳤답니다. 조가비나 돌이라도 주워올 작정이었는지……."

"뭐였을까요. 갯강구는 아니면 좋겠네요. 어린 시절에

---

* 도쿠가와 이에야스의 핵심 인사로 에도막부 설립에 기여. 백 세 이후까지 살았음.

저도 그러곤 했죠. 학교에서 소풍을 갔는데 어째선지 친구들 사이에서 공벌레 잡기 경쟁이 벌어졌어요. 빈 도시락통에 한가득 공벌레를 모아서 의기양양하게 집에 돌아갔다가 어머니한테 양쪽 따귀를 얻어맞았죠."

"맞아요, 저도 무모한 짓을 벌인 적이 있답니다. 남자애들은 자주 그러죠."

"그런데 우리 딸도 네다섯 살 무렵에 딸기 농장에 데려갔더니 딸기가 아니라 공벌레를 모으더군요. 이게 유전인가 싶기도 했어요. 딸기를 굉장히 좋아하길래 기껏 데려갔더니 공벌레나 수확하고 있는 거예요. 아내도 두 손 두 발 다 들었죠."

후후후. 조수석의 여자가 즐거운 듯이 소리 내어 웃었어요. 어쩌면 이 사람은 기쓰 씨의 따님일지도 몰라요.

"아들은 그다지 벌레에는 관심이 없었답니다. 아내가 원예를 좋아했기 때문에 그 영향으로 식물은 잘 알고 있었지만, 그리 활발한 아이는 아니었어요. 밖으로 놀러 다니기보다 집 안에서 책을 읽거나 그림을 그리는 걸 좋아했죠. 저도 그랬어요. 그러한 점은 닮나 봅니다."

"그렇다면 갯강구였을 리는 없겠네요. 역시 조가비였나."

"뭐였을까요. 결국 선물은 받지 못했으니 뭔지 모른 채 끝나버렸네요."

"사고는 견디기 힘들죠. 병에 걸린 어머니가 서서히 쇠약해져 가는 모습을 지켜봐야 했는데, 그건 그것대로 괴로웠어요. 하지만 사고는 정말이지 견딜 재간이 없더군요. 마음의 준비가 전혀 되어 있지 않은 상태에서 떠나버리니까요."

"마음의 준비. 맞는 말씀입니다."

다도코로 씨가 한숨을 내쉬었어요.

"설마 돌아오지 않을 거라고는 생각도 하지 못한 채 보냈는데, 그걸로 끝이었습니다. 견딜 수 없었죠."

조수석의 여자가 희미하게 코를 훌쩍였어요.

"아들은 수영이 서툴렀어요. 5학년이 되어서도 25미터를 헤엄치지 못했죠. 수영을 못하는 남자애는 같은 반에서 아들뿐이었답니다. 그해 봄, 아내는 아들을 수영 교실에 보내기 시작했어요. 여름에는 해변학교가 있으니까요. 그때까지는 수영이 능숙해졌으면 좋겠다고 아들도 바라는 눈치였어요."

언덕을 다 올라가자 다시 내리막길로 접어들었어요.

"어차피 수영을 배우게 할 거라면 더 어릴 때부터 시키는 편이 나았을 텐데. 초등학교에 들어가기 전부터 아내는 아들을 보습학원에 보내고 서예와 피아노를 배우게 했죠. 하지만 수영은 시키지 않았어요. 아내는 아들의 능력을 스포츠 방면으로 키울 생각이 없었답니다. 그래도 수영을 못하는 건 곤란하다고 생각했던 거겠죠. 수영 교실 덕분에 50미터나 헤엄칠 수 있게 되었다며 아들은 기뻐하는 눈치였어요."

무거운 어조였죠. 백미러를 확인하니 다도코로 씨가 눈을 내리깔고 있었어요.

"조금 헤엄칠 수 있게 된 게 오히려 불행이었다는 생각만 들어요. 수영을 못했다면 여름 해변학교에 가서도 무리할 일은 없었을 텐데. 깊은 곳까지 들어갔다가 갑작스레 높은 파도에 휩쓸리지는 않았겠죠."

기쓰 씨도 고개를 옆으로 돌린 채 바깥 경치를 바라보고 있었어요.

"아들이 돌아오지 않네. 뭐가 잘못된 거지? 누구 잘못인 거야? 전 그저 주변 탓만 했습니다. 돌이킬 수 없는 사고가 일어날 걸 예측하지 못한 채 여름 해변학교를 운영한 학교 잘못이야. 인솔 교사의 부주의 때문이야. 5학년이 되고 나서 수영 교실에 보낸 아내 잘못이야. 물론 말로 표현

하지는 않았습니다. 자신의 분노가 불합리하다는 건 잘 알고 있었어요. 전 다른 사람에게 책임을 전가한 채 아들을 잃은 고통에서 도망치려고 했어요. 학교도 나쁘고 교사도 나쁘다면서요. 그리고 언제부턴가 마음속으로 아내만을 추궁하게 되었어요. 그뿐만이 아니에요. 태도에도 드러났을 겁니다. 그나마도 원만하지 않은 관계였는데 아들이 죽자 부부 사이는 완전히 끝나버렸어요. 다음 해 가을에 1주기를 마치자마자 전 아내 곁을 떠났습니다."

"아드님은 그런 결말을 바라지 않았을 텐데요."

기쓰 씨가 불쑥 말했어요.

"살아 있을 무렵부터 저와 아내 사이가 험악해지면 민감하게 헤아려서 분위기를 바꾸려고 애쓰던 아이였습니다. 아들한테는 면목이 없어요. 진심으로 그렇게 생각합니다."

다도코로 씨는 괴로운 듯 말을 쥐어짜냈어요.

"아내를 탓하고, 아내를 탓하는 스스로를 탓하며 긴 시간 동안 무거운 납덩이를 삼킨 채 살아가는 느낌이었어요. 그래서 작년, 기쓰 씨를 처음 만났을 때 마쓰모토 씨한테 그런 이야기를 들은 건 구원이나 마찬가지였답니다."

"Q산의 온천이었죠. 마쓰모토를 보면서 여전히 이상한

말을 해대는 녀석이라고 생각했어요. 얼마 전에 앞마당에서 쓰치노코를 봤다는 식으로 말했잖아요."

쓰치노코?

무심결에 빨간 신호를 놓칠 뻔했어요. 서둘러 브레이크 페달을 밟았죠.

"마쓰모토 그 녀석, 옛날부터 자주 그런 말을 해왔죠."

쓰치노코라니, 오랜만에 들은 말이었어요. 머리가 망치처럼 생겼고 배가 불룩 튀어나왔으며 하늘을 난다는 전설의 뱀이잖아요. 목격담이야 늘 있었지만 포획했다는 이야기는 여전히 없는 수수께끼 생물이죠.

Q산 온천. 이름은 알고 있어요. 깊은 산속에 있는 상당히 쇠퇴한 온천지인데 쓰치노코가 거기에는 생존하고 있는 걸까요.

"그날, 자시키와라시인지 뭔지에 관해 마쓰모토가 이야기를 시작했을 때도 저는 속으로 또 시작이네, 하며 흘려들으려고 했다니까요. 그런데 다도코로 씨까지 안색이 바뀌었죠."

이번엔 자시키와라시 이야기였어요. Q산 온천은 대체 어떤 이력을 지닌 고장인 걸까요.

"전 한 사람만 예약했는데 방에는 두 사람용 이불이 깔려 있었으니까요. 한 자리가 더 많다고 마쓰모토 씨에게 말했을 때만 해도 그저 차질이 생긴 거라고만 여겼답니다."

"그랬더니 자시키와라시가 있는 거라며 마쓰모토가 호들갑을 떨어댔죠."

"요괴니 유령이니 우주인이니 미확인생물체니 하는 종류의 이야기를 아들도 좋아했어요. 책방에 갈 때마다 졸라대서 그런 종류의 책만 사줬답니다. 지금도 제 방에 있어요. 여러 번 되풀이해서 읽었는지 페이지가 너덜너덜해진 상태죠."

"아드님께서 마쓰모토와는 장단이 잘 맞았을지도 모르겠네요."

"유령이든 귀신이든 전 전혀 흥미가 없었어요. 하지만 마쓰모토 씨의 여관에서 아르바이트하던 여자에게는 보였던 거겠죠."

"아야미 말이죠? 마쓰모토의 손녀랍니다. 고등학교 1학년인데 여름 방학에만 아르바이트를 하죠. 일당이 3,000엔이라더군요. 너무 싸다고, 근로기준법 위반이라며 불만이래요. 일이란 게 아침저녁으로 식사를 나르고 이불을 갰다가 깔았다가 하는 일뿐인데 너무 비싸지 않냐고, 실질적으로는 일하는 시간이 한 시간도 채 안 된다며 마쓰모토는 이의를 제기하지만요."

"틀림없이 봤다고 그 여자가 분명하게 말했어요."

"그랬죠. 숙소에 도착했을 때 다도코로 씨는 혼자가 아니었다고 아야미가 그랬어요. 초등학교 4학년에서 5학년쯤 돼 보이는 남자애와 함께였다고. 예약은 한 사람만 했는데 이상하다며 고개를 갸웃거리면서 할아버지한테 보고하고 이불을 두 채 준비했다고 했죠."

"아들은 초등학교 5학년 여름에 죽었어요."

신호가 파란색이 되었어요. 그 어느 때보다도 뒷좌석의 대화에 귀를 기울이면서 저는 택시를 출발시켰어요.

요괴라든가 유령이라든가 우주인이라든가 미확인생물체 같은 종류의 이야기, 다도코로 씨의 아드님처럼 저도 좋아하거든요.

"제게는 보이지 않았죠. 그래도 아들이 함께 있었던 거예요. 곁에 있구나. 전 믿었어요. 믿고 싶었습니다."

"이해해요. 믿고 싶죠. 자신에게는 보이지 않아도 말이죠."

흐흠. 가벼운 헛기침. 저는 정신이 번쩍 들었어요. 뒤쪽이야기에 주의를 빼앗긴 나머지 조수석에 앉아 있는 여자의 존재를 잊어버렸거든요.

"아들의 묘지에 올해도 아내가 와준 것 같아요. 무덤 주변에 잡초 하나 없고 국화꽃이 놓여 있었어요. 매년 그래요. 아마 오전 중에 왔다 간 거겠죠."

택시는 H야마대로 사거리에 접어들었어요. 좌회전하면 역 앞이에요. 목적지에 거의 다 왔어요.

"아내랑 아들이랑 살던 곳은 T부두 근처 아파트였어요. 이혼하기 직전에는 서로 대화가 거의 없었는데 딱 1주기가 되던 무렵 아내가 이렇게 말했어요. 베란다에 놓아두었던 화분 하나에 해당화가 피었다고. 다른 꽃이 시들어버린 뒤 흙만 담아둔 채 내버려 뒀던 화분이라고 했어요. 종자도 심지 않았는데 해당화가 피었다고. 분명 그 꽃이 아들의 선물이라고 말이죠. 아들이 돌아와 주었다고 아내는 주장했어요. 전 잘 모르지만 해당화는 해변에 피는 꽃이라더군요. 아들이 죽었던 T해안에도 잔뜩 피어 있었다고 해요."

H야마의 지하철역에 가까워졌어요. 속도를 줄이고 백미러를 들여다봤어요. 이야기를 방해하고 싶지는 않았지만 목적지를 확인해야만 했죠.

"다음이에요." 다도코로 씨는 알아채 주셨어요. "다음 모퉁이에서 오른쪽으로 꺾어주세요. 그 앞에 두 번째 모퉁이에서 다시 우회전이에요."

"네."

저는 지시에 따랐어요.

"당시 전 아내의 말을 믿지 않았어요. 오히려 비웃었죠. 쓸데없는 말을 한다면서요. 이 아파트도 바다와 가까우니 종종 해변의 꽃이 필 때가 있지 않겠냐. 아들이 돌아오는 일 따위는 없다고, 바보 같은 자기만족에 빠져 사는 불쌍한 여자라며 비웃었어요."

택시는 일방통행의 좁은 도로를 천천히 달렸어요.

"불쌍한 건 저였답니다. 이젠 아내를 비웃을 마음이 없어요."

"아드님이 돌아와 줬군요."

"제가 믿지 않았던 것뿐, 믿어보니 다르더군요. 아내와의 관계도 포함해서, 좀 더 다른 스무 해를 보낼 수 있었을지도 모르는데."

"믿기 위해서 이십 년이라는 세월이 필요했던 건지도 모르죠."

"그러네요. 그럴지도 모르겠습니다."

다도코로 씨가 가볍게 오른손을 들었어요.

"기사님, 여기예요. 이 아파트입니다."

요금은 1,380엔.

"권유한 건 저예요. 제가 낼게요."

"아뇨, 그럴 수는 없습니다. 저도 낼 거예요."

"아니라니까요."

"글쎄, 안 된다니까요."

"아니, 정말 그러지 마세요."

얼마간 거절의 실랑이가 오간 끝에 다도코로 씨가 신용카드로 요금을 지불하고 두 사람은 택시에서 내렸어요.

조수석의 여자요? 사라져버렸어요. 두 사람이 실랑이를 벌이는 틈에 내린 걸까요. 탈 때부터 내릴 때까지 조용한 여자였죠.

그나저나 Q산 온천에 가보고 싶어졌어요. 마쓰모토 씨라는 주인이 운영하는 여관에 묵어보고 싶어요.

자시키와라시는 그렇다 쳐도 쓰치노코는 있을지도 모르잖아요? 그런 여관, 좀처럼 없지 않나요?

세 번째 운전기사

기쓰 씨, 나도 태웠지.

불과 며칠 전이었는데. 7월 마지막 주 수요일. 아침 9시 조금 전이었어. K동네 3번가 맞지? S언덕 초입 사거리에 있는 횡단보도에서 탔는데, 틀림없어.

그런데 네 명이 타던걸? 여자 두 명과 남자 두 명. 왜 기억하냐면 좀 이상했거든. 젊은 여자는 반팔 원피스 차림이었고 가장 고령으로 보이는 남자는 티셔츠에 청바지를 입은 여름철의 캐주얼한 복장이었는데 나머지 두 사람이 특이했어. 여자는 스웨터를 입었고 남자는 상하 트레이닝복 차림이었어. 날씨는 흐려도 아침부터 30도를 웃도는 기온이었는데 마치 겨울처럼 옷차림이 두꺼웠으니까. 캐주얼을 넘어 그야말로 실내복 차림으로 외출한 느낌이었다고나 할까.

"T종합병원까지 부탁해요."

행선지를 말한 건 무서운 인상에 다부진 체격의 최고령 남자였어. 이 사람이 기쓰 씨지? 젊은 여자가 조수석에 앉고 나머지 세 사람은 뒷좌석에 올라탔어. 운전석 바로 뒤에는 스웨터 차림의 여자가 앉았고 그 옆이 트레이닝복 차림의 남자였지. 조수석 뒷자리에는 기쓰 씨가 탔고.

그러는 동안 서로 한마디도 안 했어. 다들 흐르듯 자연스레 정해진 위치에 앉은 느낌이랄까.

"오늘도 아침부터 덥네요."

기쓰 씨가 말을 건네며 등받이에 몸을 기대고 여유로운 자세를 취했지. 그러고는 어깨에 걸친 파란 슬링백에서 태블릿을 꺼내더니 화면으로 시선을 떨어뜨렸어.

"최고기온이 40도 가까이 되는 것 같습니다."

대꾸한 뒤 난 자동차를 출발시켰어.

"쭉 직진해서 H대로로 들어가겠습니다."

"알아서 가주세요."

기쓰 씨는 태블릿 화면을 본 채 대답했어. 얼굴은 네모지고 어깨는 쭉 펴고 있었어. 뒷좌석에 있던 스웨터 차림의 여자도 상당히 몸집이 펑퍼짐했어. 둘 사이에 낀 트레이닝복 차림의 남자는 꽤 갑갑해 보였지.

"기쓰 씨."

뒷좌석에 앉은 여자가 조수석의 여자에게 말을 걸었
어.

"저런 복잡한 사연이 있는 점포일 줄은 몰랐죠? 미안하
게 됐어요."

난 백미러로 슬쩍 확인해봤어. 흰 피부에 둥근 얼굴, 전
체적으로 둥글고 부드러운 인상의 여자였지. 떡이나 그런
종류의 과자처럼 전통 과자 느낌이 나던데. 연한 핑크색 스
웨터에 팥색 레깅스를 입어서 벚꽃빛깔의 떡이랑 같은 색
이었거든.

"물론 몰랐으니 다행이었는지도 모르겠네요. 알고 있었
다면 역시나 장사를 하고 싶다는 생각은 안 들었을 테니까
요."

나는 조수석의 여자에게 시선을 돌렸어. 아무 말 없이
엷은 쓴웃음을 짓고 있었지. 성씨가 같은 걸 보니 기쓰 씨
의 부인인 건가, 아니면 따님인가.

"기쓰 씨도 용케 매입할 마음을 먹으셨네요. 보통은 말
이죠……."

뒷좌석의 여자는 열심히 태블릿을 보고 있는 기쓰 씨
의 옆모습을 힐끗 엿봤어.

"절대 살고 싶지 않았겠지."

카키색 트레이닝복 차림의 남자가 중얼중얼 말참견했어. 가슴팍에는 아사쿠사 가미나리몬의 커다란 제등이 그려져 있었지. 기념품용으로 나온 디자인이었어.

"특히 욕실 말이야. 절대, 절대로 사용하고 싶지 않을 걸."

"당신 때문에 더럽혀졌으니까."

"아니지. 너희들 탓이잖아." 아사쿠사 남자가 발끈하더니 돌아섰어. "난 어쩔 도리가 없었다고. 피해자니까. 너희들 때문이야."

"피해 이전에 자기 자신의 가해행위를 돌아보는 게 어때?"

전통 과자 여자는 냉담하게 대꾸했어. 부드러워 보이는 분위기와는 정반대였지. 이 두 사람, 부부인 건가. 당장이라도 말다툼을 할 것 같은 느낌이었어. 곤란한데.

얼마 전에 역시 부부처럼 보이는 중년 남녀가 차 안에서 말싸움을 벌였거든. 한밤중이었는데 두 사람 다 상당히 취해 있었지. 처음에는 기분 좋게 말을 주고받고 있었어. 그러다 '지금 그 말투 뭐야?' '딱히 그런 뜻은 아닌데' '그런 뜻 맞잖아?' '과장해서 트집 좀 잡지 마' '뭐야, 그렇

게 내 탓으로 돌리는 거야?' 이런 식으로 순식간에 분위기
가 험악해졌어. 말다툼뿐만 아니라 드잡이를 시작하려던
찰나, 다행히도 목적지인 아파트 앞에 도착했어. 서로 고래
고래 소리 지르는 두 사람 사이에 큰소리로 끼어들었지. 도
착하셨습니다, 이용해주셔서 감사합니다. 냉큼 두 사람을
내리게 했다니까. 그 사람들, 집에 돌아가서 화해했을까.
그런 상황은 정말이지 곤란해. 사랑싸움을 타인 앞에서 공
개하는 건 일종의 노출 게임 같은 거잖아. 택시 안에서 애
정행각을 벌이는 무리랑 다를 바가 없어. 자제해줬으면 좋
겠는데.

"무리하게 동행해서 미안해요."

전통 과자 여자가 쾌활한 말투로 바꾸더니 조수석 여
자에게 다시 말을 걸었어.

"기쓰 씨가 통원하는 T종합병원에 후미코가 입원해 있
대서요. 인연이죠."

그렇군, 병원에 가는 기쓰 씨 일행에 끼어서 전통 과자
와 아사쿠사 콤비는 병문안을 가는 길이었나 봐.

"후미코는 일을 그만둔 뒤에 K동네 2번가에 있는 연립
주택에 살았어요. 기쓰 씨의 도시락 가게에도 자주 갔죠."

기쓰 씨는 도시락 가게를 운영하고 있었나 봐. 그 점포

의 예전 소유자가 전통 과자와 아사쿠사 콤비였다는 뜻인가. 그런 거였군.

"단골이었어요. 그리 보여도 식탐이 상당했거든요."

전통 과자 여자도 아사쿠사 남자도 평정을 되찾은 상태였어. 다행이었지.

"닭튀김 도시락이랑 김도시락, 주먹밥. 기쓰 씨의 가게에서 만드는 품목은 거의 모든 종류를 다 먹어봤을 거예요. 그렇게 말랐는데 말이에요. 저도 먹는 걸 좋아해서 이렇게나 살쪘는데."

전통 과자 여자의 말에 조수석의 여자가 깊이 고개를 끄덕였어. 나도 마찬가지야. 먹으면 죄다 살로 가지. 후미코라는 사람처럼 살찌지 않는 체질이 부럽다니까.

"햄버그스테이크 도시락은 안 먹었지. 역시 다진 고기는 먹고 싶지 않았던 거야."

아사쿠사 남자가 빈정거렸어. 도시락 이야기를 듣고 있었더니 살짝 배가 고파졌어. 먹고 싶네, 햄버그스테이크 도시락.

"당신 탓이잖아."

"너희들이겠지. 너희들이 멋대로……."

"결국에는 김도시락이 마음에 들었던 모양이에요. 연

달아 먹었으니까요. 가게 포인트카드도 지갑에 가지고 다녔죠."

"후미코는 포인트라든가 쿠폰처럼 이득이 되는 서비스를 좋아했다고. 선물 받는 기분이어서 즐겁다고 말했어."

"그날 이후로도 후미코는 오가와도 가까이에서 살아온 거네."

전통 과자 여자가 깊이 감동한 듯 말했어.

"혼자서 말이야. 쭉 나랑 당신을 생각하며 살았던 거야. 재미있는 인연이지."

"지독한 악연이었다고."

"맞아. 하지만 재밌잖아."

"전혀. 험한 꼴을 당한 건 나라고."

"그건 나랑 후미코도 마찬가지야. 애당초 원인제공은 당신이 했잖아."

"또 전부 내 탓으로 돌리려나 보군."

"사실을 말한 것뿐이야. 나 같은 마누라가 있는 당신이 후미코한테 좋다며 들이댔잖아. 그게 악연의 시작이었어."

T종합병원까지는 K대로를 직진해서 곧장 길을 따라가다가 H대로로 들어가면 돼. 단순한 코스야. 그렇지 않았다면 깜빡 진로를 헷갈렸을 거야.

전통 과자 여자랑 아사쿠사 남자랑 후미코 같은 불륜의 삼각관계는 있을 법하지만 꽤 복잡해 보였어. 전통 과자 여자랑 후미코가 친구 사이였는데 아사쿠사 남자가 두 사람한테 손을 뻗쳤다는 건가.

어쨌든 대화가 계속되면서 나는 점점 더 백미러에서 눈을 떼지 못하게 됐지.

"어처구니없는 남자라고 생각하지 않나요, 기사님?"

전통 과자 여자가 갑자기 말을 걸어왔어.

"기사님도 여자잖아요. 그러니 더욱 이해할걸요. 잘못한 쪽은 이 남자잖아요?"

전통 과자 여자는 싱글거렸어. 같은 여자라도 여러 가지로 입장 차가 있는 법인데. 하지만 나로서는 무난하게 대화를 맞춰줄 수밖에 없었어.

"그렇죠. 불륜은 안 되죠."

태블릿을 보고 있던 기쓰 씨가 불쑥 얼굴을 들었어.

"뭐가요?"

"불륜은 안 됩니다. 부인을 상처 입히니까요."

"그렇죠. 안 되죠." 기쓰 씨가 당황한 듯이 대답했어. "안 될 일이죠."

"그것 봐."

전통 과자 여자가 호쾌하게 웃었어. "아하하하." 굉장히
커다란 목소리였지.

"판결. 나쁜 건 당신이라고."

아사쿠사 남자는 좁은 어깨를 오므리더니 더욱 움츠러
들었어.

"정말 악연이야. 그만 잊고 싶군."

"잊으면 끝나기라도 한다는 거야? 잊을 수 있을 리가
없잖아. 악연이 시작이고 끝이었어. 아니, 오늘 겨우 끝날
지도 모르겠네."

전통 과자 여자는 웃음을 멈추고 진지한 표정을 지었
어.

"이제껏 몰래 바람은 피웠을지 몰라도 당신을 진심으로
좋아해 준 건 후미코뿐이었어. 그 아사쿠사 시리즈만 해도
후미코가 준 선물이지?"

I언덕 위 사거리에서 H대로로 접어들었어.

"후미코는 특이한 사람이었으니까. 딱 봐도 관광지 기
념품용으로 보이는 진부한 디자인이 좋다더군. 외출을 싫
어해서 여행도 거의 가지 않았어. 그래서 일 년에 두 번, 여
름과 겨울에 회사에서 회식할 때 모인다는 아사쿠사에 갔
을 때 사다 준 거라고."

"특이한 사람이라 당신 같은 인간을 좋아했나 보네. 진부하기 짝이 없는 구제 불능의 남자를 말이야. 참 가엾다니까. 그렇지만 아사쿠사 시리즈는 당신 취향에도 딱 맞았잖아? 툭하면 입고 있었으면서."

"딱히 내 취향은 아니었거든. 그 옷을 입고 거리를 걸으면 지나가는 젊은 여자들이 싱글싱글 웃으며 쳐다보니까. 여자한테는 나름대로 먹히는 디자인인 줄 알았지."

"진부하고 이상한 옷을 걸친, 진부하기 짝이 없는 이상한 아저씨를 보고 그저 비웃은 것뿐이잖아. 이런 어수룩한 남자를 봤나."

"그걸 입으면 후미코도 기뻐하는 눈치였다고."

"그야 그렇겠지. 자기가 선물해준 옷을 신나게 입어주는데. 기쁘지 않을 인간이 어디 있겠어."

벌레가 꼬이는 걸 막으려는 의도도 있었으리란 생각이 들었어. 진부하기 짝이 없는 기념품용 옷을 입고 있으면 대개 여자들은 얼씬도 안 할 테니까.

"후미코를 마중 갈 거면 혼자 가도 되잖아." 아사쿠사 남자가 투덜거렸어. "난 안 가는 편이 낫지 않아?"

아무래도 병문안은 아닌 듯했어. 마중 간다는 걸 보니 후미코가 퇴원하는 건가. 진흙탕 같은 불륜의 삼각관계면서 퇴원을 마중 가다니. 놀라운 이야기잖아. 그러다 다시 병이 도질 것 같은데.

"후미코는 우리 둘 다 만나고 싶어 해. 당신이 안 가면 안 되지."

전통 과자 여자의 말투에는 확신이 차 있었어.

"너희들 마음대로 의기투합해놓고. 난 미움 받는 역할 아니었나?"

"그건 맞지. 나랑 후미코는 이른바 당신에게 피해를 입은 동지들의 모임이니까."

"뭐?" 아사쿠사 남자의 안색이 돌변했어. "뭐가 피해자야. 비겁하기는. 넌 버젓한 가해자라고."

목소리가 사나워졌어. 나는 목을 움츠렸지. 다시 분위기가 험악해지려 했어.

"비겁한 건 당신이지. 가해 전에 내가 받은 피해를 생각해봐."

"내가 한 가해는 잘 처리되길 바랐을 뿐인 사소한 시도에 불과했잖아."

"사소해? 언제까지 책임 회피만 할 거야? 비겁한 인간 같으니. 시도는 맞지. 그것도 몇 번이나 계속 밀어붙였잖아. 잘 처리됐든 아니든 난 피해자야. 헛소리는 집어치우시지."

　백미러로 뒷좌석의 형세를 살폈어. 기쓰 씨는 꿈쩍도 하지 않은 채 태블릿에서 눈을 떼지 않았어. 이어서 왼쪽을 봤는데 조수석의 여자도 고요한 표정으로 앞을 보고 있었지. 이 두 사람이 티격태격하는 데 이골이 난 건가.

　"애초에 피해라고 할 것도 없었지. 아무렇지도 않았잖아. 불사신이야 뭐야."

　"운이 좋았지. 당신의 그 사악한 시도들로부터 신이 지켜주신 거야."

　"신은 무슨. 악마랑 계약한 거겠지. 이 찹쌀떡 같은 게."

　찹쌀떡이라니. 백미러 속에서 전통 과자 여자의 볼에 냉담한 미소가 떠올랐어.

　"오야키가 되고 싶은가 보네?"

　딱 한마디. 어떤 마법의 주문인지는 몰라도 아사쿠사 남자는 돌연 풀이 죽고 말았어.

　"기사님, 좋아하는 사람 있어요?"

　전통 과자 여자가 다시 말을 걸어왔어. 그것도 상당히 대답하기 힘든 질문이었지. 있다고 하자면 있지. 하지만 난 이혼 경력이 있고 아들과 딸을 키우며 이렇게 택시를 생업으로 벌어먹는 몸이고, 상대는 열 살이나 어린 대학원생이야. 요컨대 그 나름의 사정이 있다는 소리지. 현재 우리에게 내일은 없어. 그런 짠내 나는 사실을 달갑지 않은 얼굴로 밝힐 수 있을 리가 없잖아. 다시 무난하게 받아치는 수밖에.

"옛날에는 있었는데 지금은 없답니다. 좋아한다는 감정을 느껴본 지 상당히 오래됐어요."

"네?"

기쓰 씨가 놀란 표정으로 고개를 들었어.

"젊었던 시절에는 사람을 좋아하는 게 쉬웠는데 나이를 먹으니 꽤 어렵네요."

내 말에 기쓰 씨는 놀란 얼굴을 한 채 고개를 끄덕였어.

"그렇죠. 어렵죠."

"좋아하는 감정은 좋은 면만 있는 게 아니에요. 부정적인 감정을 잔뜩 끌고 오죠. 그걸 아니까 누군가를 좋아하게 되는 게 무섭기도 해요."

"그렇죠, 말씀하신 그대로예요."

기쓰 씨는 고개를 휙휙 끄덕였어. 내가 그렇게까지 묘한 발언을 한 걸까. 왜 저렇게 경직된 거지.

"기사님 말씀이 맞아요. 좋아하게 되면 부정적인 감정도 따라오죠. 모든 악의 시작이에요."

전통 과자 여자는 자조하듯이 입가를 일그러뜨렸어.

"악연의 시작이지."

아사쿠사 남자가 소심하게 중얼거렸어.

"잊어버리고 싶은데. 아주 먼 옛날에는 나도 당신을 좋아했던 것 같아."

"잊어버렸겠지. 그러니 이렇게 된 거잖아."

"맞아, 잊었어. 그렇게 돼버렸지. 당신도 나도 이렇게 될 수밖에 없었어. 후미코도 마찬가지고."

전방에 T종합병원의 하얀 건물이 보이기 시작했어.

"일어나버린 일은 어쩔 수가 없어."

"그래, 바꿀 수 없지."

"후미코는 그때 이후로 열심히 살았어. 홑몸으로 몸이 부서져라 일하다가 병이 나서 쓰러졌지. 오늘에야 겨우 편해지는 거야. 다정히 맞아주고 싶어."

"괴상한 악연이라니까 정말."

T종합병원에 도착하자 기쓰 씨 일행이 내렸어.

1,080엔. 요금을 낸 쪽은 기쓰 씨였어. 나와 시선을 마주치지 않으려 애쓰면서 허둥지둥 내리던걸. 뭔가 기분 나쁘게 해드린 거라도 있었나. 짐작 가는 게 있어야지.

기쓰 씨 일행이 내리자마자 곧장 할아버지 두 분을 태웠어. 아사쿠사 가미나리몬까지 가자는 거야. 좀 재미있는 우연이었지.

그날의 벌이는 평일치고는 퍽 좋았어. 저녁 무렵까지 쭉 손님이 끊이지 않았거든. 출출해졌을 즈음 태웠던 손님의 목적지가, 웬걸 K동네 3번가였어. 아침에 기쓰 씨 일행을 태운 S언덕 사거리 말이야.

우연의 연속이었지. 이 정도면 운명이야.

그래서 기쓰 씨의 도시락 가게를 찾아봤어. 발견했지. 언뜻 보면 도시락 가게로는 보이지 않는 연노란색 차양. 양과자점 같은 외관이어서 못 보고 지나칠 뻔했다니까. 상당히 낡아빠진 건물인데 크림색 벽과 하얀 바닥, 쇼케이스가 마치 케이크 가게를 연상시켰어. 의외로 이게 기쓰 씨의 취향인 걸까.

저녁밥으로 햄버그스테이크 도시락을 사 먹었어. 가게를 지키고 있던 여자는 그리 붙임성이 좋지는 않았지만 햄버그스테이크도 부식으로 딸린 감자샐러드도 맛있었어. 근처를 지나가면 또 들르고 싶어. 다음에는 애들이랑 남자친구에게도 사다 줘야지.

선물로 말이야.

네 번째 운전기사

기쓰 씨라면 제가 아는 분이에요.

원래 전 기쓰 씨의 도시락 가게 손님이었어요. 단골손님을 태워다 드렸을 때 우연히 발견해서 들어간 곳이었는데 대성공이었죠. 규모는 작아도 좋은 가게예요. 싸고 양도 푸짐한데다 맛있고.

기쓰 씨, 얼굴은 무서워 보여도 훌륭한 사장님이에요. 잔돈을 건넬 때마다 30만 엔이라는 둥 50만 엔이라는 둥, 웃음기 없는 얼굴로 구닥다리 개그를 자꾸 던지시는 것도 매력 있으세요.

작년에 기쓰 씨가 병으로 입원하고 따님이 가게를 맡게 되었어요. 퇴원하신 뒤로는 요양 기간을 거쳐 말끔히 건강을 되찾으신 모양이지만 이제 거의 은퇴하신 거나 다름없어요. 음식의 조리를 조금 도와주시는 정도랄까요. 가게에 나와 있는 건 늘 따님이죠.

따님은 히나타 씨라고 해요.

저와는 개인적으로 조금씩 깊은 관계가 되어가고 있어요. 사실 아직은 전혀 심각한 사이가 아니에요. 서로 존댓말을 쓰거든요. 다만, 서서히 사이가 좋아지는 중이라고나 할까요. 이런저런 이야기를 나누거나 함께 밥을 먹으며 친밀해지고 있어요. 그런 느낌이에요.

아뇨. 기쓰 씨 말고요. 친밀해지고 있는 건 당연히 히나타 씨죠. 그야 나중에는 기쓰 씨하고도 친해지는 편이 좋겠다는 생각은 하고 있지만 아직은 아니에요. 히나타 씨만으로도 힘에 부쳐서요.

실은 바로 어제 있었던 일인데요. 기쓰 씨랑 히나타 씨를 제 택시에 태웠답니다. 8월 11일부터 15일까지 도시락가게는 오봉으로 휴점이라 부녀 두 분이 여행을 가신다더라고요. 행선지는 Q산 온천. 거의 들어본 적이 없는 곳인데 기쓰 씨의 어릴 적 친구분이 민박을 운영하신대요. 상당한 산골이어서 전철을 타면 세 시간 정도 걸리는 모양이에요. 아침에 가장 이른 특급열차표를 끊으셨죠. T역까지는 택시를 타고 가신다길래, 그럼 제가 태워다 드리겠다고 히나타 씨에게 말했어요.

요금은 받았어요. 서비스로 태워드렸으면 좋았겠지만 그건 안 된다고 히나타 씨가 고집을 부리셔서요. 늘 도시락도 구매해 주니까 그런 부분은 제대로 계산하자고 그러셨어요. 히나타 씨는 참 똑 부러지는 분이라니까요.

그래서 새벽 6시 조금 전에 제 택시 뒷좌석에 히나타 씨와 기쓰 씨가 탔어요. 조수석에도 또 한 사람, 여자분이 탔죠.

"안녕하세요."

인사를 건네는 히나타 씨는 졸려 보였고 기쓰 씨의 눈에도 졸음이 가득했어요.

"새벽부터 미안해요."

"아뇨. 저야말로."

히나타 씨와 제가 점점 친밀해지고 있다는 걸 기쓰 씨가 어디까지 알고 있는지 잘 몰랐던 터라, 저는 히나타 씨에게도 기쓰 씨에게도 되도록 말을 걸지 않으려고 했어요.

"일단 B역에서 갈아타야 한다."

"알았어."

"깜빡 잠들어서 지나치면 안 돼."

"아버지야말로."

"Q산은 온천 말고는 산과 숲길뿐이어서 따분한 곳이지만 쓰치노코를 볼 수 있을지도 몰라."

"아무렴요."

"자시키와라시도 있을걸."

"네, 그러시겠죠. 그보다 마쓰모토 씨한테 오셀로라도 빌려서 게임이라도 하지, 뭐. 온천 말고는 산과 숲길뿐이라 따분하다면서?"

"오셀로는 됐다. 절대 안 해."

두 분은 그 정도의 대화를 드문드문 나누시더니 곧 조용해졌어요.

조수석의 여자분이요?

따님은 아니에요. 기쓰 씨의 따님은 히나타 씨뿐이거든요.

조수석의 여자는 부인이세요.

맞아요. 자동차 사고로 젊었을 적에 돌아가신 기쓰 씨의 부인.

*

앞으로 5분이면 도착인데 두 분 모두 잠이 드셨네요. 역시 피로가 누적되어 있었던 거겠죠.

"기무라 씨한테는 보이는 데다 이렇게 대화도 가능한데, 이상하네요."

그러게요, 이상하죠. 부인의 모습이 히나타 씨나 아버님에게도 정말 보이지 않는 건가요?

"전혀요. 모습도 안 보이고 목소리도 안 들려요. 남편은 직감이 뛰어난 사람이지만, 그쪽의 감은 전혀 없는 모양이에요. 히나타도 그렇고."

택시 운전기사 동료들한테는 꽤 보이는 모양이에요.

"맞아요. 기사님 눈에는 보이는 경우가 많답니다. 이 기사님에게는 내 모습이 보인다는 걸 알면서도 전 말을 걸지 않으려고 노력해요. 무심코 말을 걸면 기사님은 아무렇지 않게 대답을 해주시죠. 그러면 남편이 혼란스러워하니까요."

하긴, 본인한테는 아무런 소리도 들리지 않는데 갑자기 뭔가를 대답하면 놀라시겠네요.

"일전에도 그런 일이 있었답니다. 여태 대화도 나누지 않다가 기사님이 갑자기 속 이야기를 꺼내니까 남편은 그야말로 기겁했죠."

아버님께는 위험한 운전기사로만 느껴지셨을 거예요.

"이렇게 곁에 있어도 모습은 보이지 않아요. 목소리도 닿지 않죠. 서글퍼요."

감이 있으면 유리한 걸까요? 아니면 파장 같은 걸까요?

"어쩌면 혈연이라든가 그런 관계가 아닌 사람과 오히려 파장이 맞을지도 몰라요."

다도코로도 그랬던 걸까요. 예전에 처음으로 부인을 뵈었을 때도 그랬죠. 하지만 전혀 관계가 없다고 말할 수는 없을 것 같아요. 다도코로와는 여름 해변학교에서 같은 숙소에 묵었다는 연결고리가 있고, 히나타 씨랑 아버님이 운영하는 도시락 가게에도 다니고 있었으니까요.

"기무라 씨한테는 감이 있는 거겠죠. 그렇지 않으면 이렇게 서로 이야기하거나 만지는 게 가능할 리 없으니까요."

살아 있는 사람이 아닐 경우를 말씀하시는 거죠?

"그래요, 서로가 살아 있지 않으면요."

서로가… 라는 말씀이시죠. 서글프네요.

"슬픈 일이죠."

*

도착했습니다, 히나타 씨, 아버님.

잘 다녀오세요. 온천도 마음껏 즐기시고요.

우와, 이거 도시락이에요? 저를 위해 만들어주신 건가요? 기뻐요. 고맙습니다. 여행을 떠나는 바쁜 아침에 죄송하네요. 그래서 더욱 피곤해하셨던 거군요. 정말 미안해서 어쩌죠.

햄버그스테이크 도시락인가요? 세상에, 불고기랑 달걀프라이도 들어있어요? 감자샐러드랑 우엉조림도요? 굉장히 호화로운 도시락이잖아요. 장난 아니네요. 점심이 기다려지는걸요.

아버님도 도우셨다고요? 정말 죄송하게 됐습니다. 앗, 도시락 가격이 3천만 엔이에요? 비, 비싸네요.

농담이시라고요? 그럼요, 잘 알죠. 냉장고에 남은 재료를 소진하려고 두 분 도시락을 만드는 김에 제 것까지 챙겨주셨군요. 파는 게 아니니 돈은 됐다고요? 이런, 그렇다면 저도 택시요금은 안 받을게요. 아니에요, 그럴 수는 없어요.

아뇨, 아니에요, 진짜 괜찮다니까요.

Q산의 특산품이요?

뭐든 좋습니다. 어쨌든 무사히 돌아와 건강한 얼굴을

보여주세요, 히나타 씨. 맞다, 아버님도요.

저를 위해 히나타 씨가 쓰치노코를 잡아 올 거라고요? 아버님, 그건 제가 아니라 인류 전체를 위한 선물이 되겠는데요. 쓰치노코는 미확인생물체잖아요. 그렇게 스케일이 큰 선물이라니 너무 황송해요.

아무 일 없이 건강하게 돌아와 주세요. 그때 연락해주세요. T역까지 마중 나갈게요.

기다릴게요, 히나타 씨. 물론 아버님도요. 당연하죠.

*

당신이 무사히 돌아와 웃어주는 것.

제게는 그게 가장 큰 선물이에요.

오늘도 저희 로터스 교통을 이용해주셔서 감사했습니다.

산 자와 죽은 자의 마음을 이어주는 힘

《여기는 커스터드, 특별한 도시락을 팝니다》에서 먹음직스러운 도시락으로 독자들의 마음을 따뜻하게 채워줬던 작가 가토 겐. 이번에는 택시를 타고 세상을 떠도는 유령들의 사연을 가지고 돌아왔다. 전작에서는 도시락 가게의 딸 히나타에게 죽은 엄마의 마음을 전해주는 메신저 역할을 했던 택시 기사 기무라가, 소설《로터스 택시에는 특별한 손님이 탑니다》에서는 주요 화자로 등장하며 특유의 솔직한 입담으로 유령 손님의 이야기를 들려준다.

택시를 이용하는 유령 손님들에게는 공통점이 하나 있다. 그들 모두 누군가의 가족이었다는 것. 억울하게 죽은 주인의 복수를 꿈꾸는 고양이에겐 주인 사나다가 유일한 가족이었고(제1장 사나다), 기무라의 어릴 적 친구였던 다도코로에게는 그를 무척 사랑했던 부모가 있었다(제2장 다도코로). 끔찍한 치정극의 당사자였던 히사요와 오가와는 부부였으며(제3장 오가와도 전통 과자점), 도시락 가게 '커스터드'의 주인인 기쓰가 택시에 탈 때마다 늘 보조석에 동승하는 여자 유령은 그의 죽은 아내다(제4장 기쓰 씨와 일행들). 유령 손님들은 택시에 무임승차하며 자신이 살았던 동네와 가족의 곁을 맴돈다. 어째서 그들은 좀처럼 이승을 떠나지 못하는 걸까.

다도코로는 자기 때문에 부모가 이혼했다는 생각에 죄책감을 느끼는 아이 유령이다. 비록 유령의 몸이지만 부모를 위로하기 위해 아이는 이런저런 노력을 한다. 꽃을 좋아하는 엄마를 위해 집 화분에 몰래 해당화를 심어두거나 아빠의 적적한 여행길에 슬쩍 동행하거나. 익사 사고로 세상을 떠난 지 이십 년이 넘었는데도 여전히 아이는 가족의 주변을 떠돈다. 그리고 부모는 조금씩 아들의 부재에 익숙해져 간다. 그런 부모를 바라보며 아이는 오히려 안도한다.

죽어서조차 아이가 가족의 삶을 근심하는 건 그 안에 사랑이 존재하기 때문이다. 그렇기에 아이는 자신 때문에 부모가 느끼는 슬픔과 괴로움이, 새로운 기쁨과 즐거움으로 희석되기를 바란다. 그들의 기억에서 자신의 존재가 비록 옅어질지라도. 작가는 아이 유령의 입을 통해, 사랑하는 누군가를 잃고 남겨진 이들에게 위로의 메시지를 전한다.

슬픈 일이나 괴로운 일은 머지않아 희미해지기 마련이니까.
하루하루 기억을 쌓으면서 과거를 덮어나가는 거야.
산다는 건 그런 거니까. (제2장)

물론 가족 안에 애틋한 사랑만 존재하는 건 아니다. 작가는 오가와도 전통 과자점의 부부를 통해 분열되고 찢긴 가족의 모습을 보여준다. 생전에 불륜을 일삼으며 부인 히사요가 죽기를 바라던 오가와. 그런 남편을 살해한 뒤 토막을 내다가 끝내 함께 죽음을 맞이한 히사요. 이들 부부 사이에 남은 건 그저 서로에 대한 원망과 끔찍한 기억일 뿐이지만 두 사람은 유령이 되어서도 여전히 함께 다닌다. 아무리 토막을 치듯 인연을 끊어내려 해도 가족이란 이름으로 얽힌 울타리는 그토록 견고한 것인지도 모른다.

이토록 흉물스럽고 추악한 감정까지 끌어안고 있는 게

바로 가족이다. 쉽사리 끈을 놓을 수도 없고 죽어서까지도 이어질 수밖에 없는 운명공동체. 그렇다면 가족 사이에 생겨난 불행은 어떻게 극복해야 할까? 사실 작가는 소설 도입에 이미 그 대답을 내놓았다. 종을 초월한 존재, 네코마타를 통해서.

자신을 애지중지 보살펴주던 주인 사나다가 불운의 뺑소니 사고로 목숨을 잃자, 원한에 사로잡힌 나머지 네코마타가 되어버린 고양이. 복수하겠다는 일념으로 드디어 뺑소니범의 목숨을 손아귀에 움켜쥔 순간, 허무하게도 택시기사 기무라에 의해 좌절되고 만다. 천국에 있을 사나다와 다시 만나려면 손에 피를 묻혀서는 안 된다고 설득하는 기무라. 그는 이미 어렴풋이 알고 있었는지도 모른다. 갑작스레 닥친 불행, 그 안에서 생겨난 슬픔과 원한의 감정을 해소할 수 있는 건 오직 사랑뿐이라는 것을.

사랑이라는 말은 근질거려서 해본 적 없지만
앞으로도 쓸 일이 없을뿐더러 그럴 용기도 없지만
분명 굉장한 말인 것 같다. (제1장)

고양이의 활약 덕분에 뺑소니범은 자수하고 사나다의 남겨진 가족들은 조금이나마 가슴의 응어리를 털어낸다. 아들의 죽음을 주변의 탓으로 돌리며 살아온 아빠는 긴 세월이 흐른 뒤에야 늘 아들이 곁에 있었다는 걸 깨닫는다. 유령이 되어서도 서로 미워하기 바빴던 히사요와 오가와 부부는 그러한 악연도 결국 애정이 담긴 인연에서 비롯되었음을 인정한다. 그리고 도시락 가게 '커스터드'의 남겨진 가족 기쓰와 히나타. 두 사람은 아내를, 엄마를 잃고 오랜 시간 비어 있던 가족의 자리를 조금씩 기무라에게 내어주며 마음의 공백을 메워간다. 결국 이들을 화해와 치유의 길로 이끈 건 모두 사랑의 힘이다.

한 시절을 공유했던 친구든 애지중지했던 자식이든 끝내 악연이 되고만 부부 사이든 한집에서 살던 반려동물이든, 거기에 사랑이 존재하는 한 그러한 기억들은 절대 사라지지 않는다. 이는 '택시'라는 공간에서 생겨나는 판타지를 통해 작가가 전하고자 하는 또 하나의 메시지가 아닐까.

어느 여름밤에
양지윤

로터스 택시에는 특별한 손님이 탑니다

초판 1쇄 발행 2023년 10월 11일
초판 8쇄 발행 2024년 11월 22일

지은이 가토 겐
옮긴이 양지윤
펴낸이 김상현

총괄 유재선　**기획편집** 전수현 김승민 주혜란　**디자인** 이현진
마케팅 김예은 송유경 김은주 남소현 성정은 김태환
경영지원 이관행 김범희 김준하 안지선

펴낸곳 (주)필름
등록번호 제2019-000002호　**등록일자** 2019년 01월 08일
주소 서울시 영등포구 영등포로 150, 생각공장 당산 A1409
전화 070-4141-8210　**팩스** 070-7614-8226
이메일 book@feelmgroup.com

필름출판사 '우리의 이야기는 영화다'

우리는 작가의 문체와 색을 온전하게 담아낼 수 있는 방법을 고민하며 책을 펴내고 있습니다.
스쳐가는 일상을 기록하는 당신의 시선 그리고 시선 속 삶의 풍경을 책에 상영하고 싶습니다.

홈페이지 feelmgroup.com　**인스타그램** instagram.com/feelmbook

ISBN 979-11-93262-04-7 (03830)